致电
蜃景岛

栗鹿 著

江苏凤凰文艺出版社

图书在版编目（CIP）数据

致电蜃景岛 / 栗鹿著. — 南京：江苏凤凰文艺出版社，2022.7
 ISBN 978-7-5594-6740-9

Ⅰ.①致… Ⅱ.①栗… Ⅲ.①长篇小说-中国-当代 Ⅳ.①I247.5

中国版本图书馆CIP数据核字（2022）第051593号

致电蜃景岛

栗鹿 著

出 版 人	张在健
责任编辑	李 黎　孙建兵
特约编辑	王 怡
装帧设计	薛顾璨
责任印制	刘 巍
出版发行	江苏凤凰文艺出版社
	南京市中央路165号，邮编：210009
网　　址	http://www.jswenyi.com
印　　刷	江苏凤凰通达印刷有限公司
开　　本	880毫米×1230毫米　1/32
印　　张	8.75
字　　数	160千字
版　　次	2022年7月第1版
印　　次	2022年7月第1次印刷
书　　号	ISBN 978-7-5594-6740-9
定　　价	46.00元

江苏凤凰文艺版图书凡印刷、装订错误，可向出版社调换，联系电话025-83280257

CONTENTS
目 录

001　第一部　守夜的孩子

077　第二部　幽灵的凉夜

197　第三部　永劫，或瞬息

第 一 部

守夜的孩子

1 轮船在陆地航行的梦

四亿年前的某一天，有条冲动的鱼爬上陆地，决定四处游荡一会儿而不是马上返回海洋。这条鱼的后代演化成提塔利克鱼，长出了原始的肺、腕骨和趾头，足以在陆地上挺身爬行，它们可能是最早的水陆两栖动物。

七岁时，黎是维从少儿科普读物上读到了这个故事。画册上描绘的鱼只是粗制滥造的线条组合，勉勉强强画了鳃、鳍和一些鳞，关于它的生卒年份、行为秉性却全然不知，充其量不过"鱼的图示"。人们没有花心力描绘这位古老的祖先，更不会让其出现在任何创世文本上。难以想象这个星球上所有的爱与恨都与之有关，但对他来说，这条鱼的灵光乍现要比神的箴言有趣得多。

那年暑假，黎是维在小区附近的游泳馆学游泳，每次沉入水中，他都会通过深色的泳镜好奇地看向四周。在水里看不了很远，晃动的光影让视线变得模糊。他假装自己是一条鱼，正游弋在危机四伏的水域中。他把建筑物阴影作为掩体，把嬉闹的孩子当作天敌。他游得很谨慎、很轻盈，尽量不溅出水花，也不触碰到他人。在生与死的罅隙间，没有回旋余地。

当黎是维从泳池中爬回地面，身体马上获得了重量，围绕在他周围的时间也舒缓下来。下了课，妈妈牵着他的手走向人潮涌动的大街。路边一个摆摊的老人正在制作栀子花手串，不远处24路公交车刚刚靠站，放出一批乘客又补充一批乘客。他们继续在街上缓步闲游，热了就在商场出口处站一会儿，偷吹里面放出的冷气。身体逐渐没有那么黏腻了，几只珠颈斑鸠从头顶滑翔而过，朝复兴公园的方向飞去，他们也朝着这个方向走，虽然还有些距离，但依稀能听到公园的喧嚣声。

到达复兴公园，黎是维立刻跑向儿童乐园区域，每次来他都要乘两圈电马。这时他又庆幸自己不是一条鱼，而是一个孩子，只要吃喝玩乐就好了，无需担心什么。在清透的空气中视野可达数公里。当鱼爬上陆地，它会经历森林中的第一场大火，收获潮水涨落带来的宝物；灌木、岩石可作为掩体躲避天敌；如果它能活得久一点，还能感知四季的变化。它会获得生活经验，在春夏觅偶、孕育，在秋天藏食贴膘，以挨过严冬。在清透的空气中，悠然思考的时间变多了，它也因此获得回报。

成年以后，黎是维的梦境却止步不前，他很少梦到中学以后发生的人和事，仿佛"当下"在潜意识中被有意隐藏或剔除。相反，孩提时代乘坐轮船在海上航行的往事却反复重现梦中。梦中的轮船是双层的，没有舷窗玻璃，四面穿风，比他常坐的那种还要更陈旧一些。船舱内没有什么乘客，但他能感受到身边盘桓着一种无处不在的"目光"。他正在被人上下打量，低头一看才发现自己没有穿裤子。他感到羞愧，却无处可去，船舱竟和潮湿燠热的澡堂、污秽不堪的公厕交叠在一起。在秽物和水蒸气的包围下，无处下脚，只得看着人们一边清洁、一边染秽。

轮船开上大陆，像泥盆纪的鱼儿纷纷爬上陆地一样在小镇的街道上腾空航行。奇怪的是，周围的景物都被笼罩在一层薄雾之中，让他想起初次在水中好奇地探头，凝望陆地。他随人流登船，船体上赫然悬着一面圆镜，人影流转，他从圆镜里看到了自己孩童时的形象：留着游泳头，一副伤透了心的模样。一切从虚无中涌现，拥有名字，拥有深刻的内心感受，同时涌现的还有对爱椎心刺骨的渴求。这是盼望已久的重逢，长久以来那个孩子都在为他守夜。忽然，他想起了什么，浑身汗毛惊立，踏空一步，从狭窄的扶梯上跌落，坠入深不见底的冷海。他看到了死，死也看到了他。

2　桂花糕和自鸣钟

这公房实在奇怪，转个身都要散架的地方，却单独辟出一间储藏室，三面都做了深不可测的柜子，放置各种被褥、杂物。门也做得吊诡，要从外向内推入，进入内部空间后，人还要小心闪到门后，将门从内向外关上，才能腾出少许活动空间。此时，储藏室里是漆黑一片的，要开一盏手电搁在高处，才有光。储物柜幽深如史前洞穴，被褥一层叠着一层，堆砌成千万岁的地质层切面。木头缝隙中流淌出一股植物的尸臭味，大概是母亲放了很多樟脑丸。

储藏室探险让人激动又害怕。黎是维深吸一口气，伸手探向洞穴深处，来回摆动，终于在第二层隔板上摸到了那只短途用的小皮箱，他小心翼翼地将它从一堆被挤压得变形的空鞋盒中拯救出来后，仔细翻查所有内外口袋，取出半包香烟、一支自来水笔、一本麂皮记事簿、一只火石钢轮打火机、一盒拆开的避孕套，然后把它们归置到写字桌抽屉里，又在空箱里装入衣物、暑期作业以及一本 J. H. 法布尔的《昆虫记》。最后他不忘把一套制作昆虫标本的器皿装在透明塑料盒里归入皮箱中，每一只罐子上都贴上了空白标签。

祝小岑下班回家，推开半掩的房门，见儿子正背着身捣鼓皮箱，便问他做什么。黎是维抬头看着母亲不疾不徐地说："小孃孃打电话来喊我回去，我可以坐公交车去码头，你们不用送我的。"

"小孃孃喊你，就要回去？"母亲与他说话时，手一直搭在门把上，不知道是进是出。"这次不回，下次不知道什么时候。"儿子说。"谁跟你说的?"母亲又问。

黎是维的嘴角向下一撇,声音变低了:"反正我要回去。"

"去乡下干吗呢,蚊子又多。你大了,要读书,还这么贪玩啊。"母亲的语气有所缓和,"带这么多没用的东西,拿得动吗?"

"下了船小孃孃会来接我的。"黎是维说。

祝小岑的手终于从门把上卸下来,走进屋子端坐在床沿上,不发一言地开始帮儿子收拾行李。过了好一阵才说,去吧,你也晓得是最后一趟了。

晚上祝小岑去百货市场买了一套精装的火箭等比模型,又到食品商店买了夏威夷果、熏培根、哈斗和香烟。回家一股脑倾倒到儿子床上,然后对儿子说,玩具是你的,吃的给大孃孃,香烟给小孃孃。这是破天荒头一回。

第二天一早,父亲开车将黎是维送到沈家湾码头。他在候船室独坐一个半小时后,拖着几乎和他等大的行李箱颤颤巍巍地涌入鸦群般的人流。约莫两个钟点后到港,靠岸的铃声响起,乘客们从悠长的睡眠中醒来,没有人着急下船。回岛的班次都是这般悠哉。傍岸就是到家了。但离岛的班次则是另一番景象,海平面刚刚冒出一些陆地的影子,出口处就挤满了急着下船的乘客,生怕错过后面的船班。

此时一个斜浪打来，船身重重撞到防波堤上，懒洋洋的乘客有了点动静。"啥物事啊，吓死人了！""哟，嗲不死了，就一只浪头吓成这样。"雾岛人不会直接说出所惧之物的名称，而是用"物事"替代，仿佛这样它们就不存在。但黎是维并不担心风浪，船一旦靠定码头，锚泊好了，就什么都不用怕。

雾岛上人情紧密，秩序规则也就不那么牢靠，亲友们到船上来送行、接风是常有的事。美珍孃孃和轮渡公司的经理是发小，所以她总是能大摇大摆地从候船室一路走到码头，畅通无阻。

黎是维一走出船舱，就看到码头浮桥上一个雀跃的人影儿在向他招手："豚豚过来，人太多，这里站一会儿。"

"小孃孃！"黎是维见了姑妈，拖着箱子快步跑过去，脚下踉跄差点绊倒。

"慢点慢点，看你这么跑我心怕得发抖。"

两人迎面抱在一起，比身旁一对亲母子还要热烈。

"小豚豚，累不累啊？"美珍的声音清脆、洪亮。

"不累的。"

美珍涂着绛红色唇膏，烫了一头蓬松大卷，身着豆绿色短打西服套装，肩上挎着一只贝母色漆皮包，依然是从前那副生机勃勃的模样。

"小孃孃你要去约会吗？"

"我约什么会啊。"

"那你打扮得这么漂亮干什么？"

美珍接过侄子手里的皮箱，又捏了捏他的脸说："你个小人精，天生会讨女人欢心。"接着她又从漆皮包里拿出一瓶矿泉水递给他。"喝点，知道你嫌船上水不干净。"喝完水，两人缓步朝码头出口走去。

雾岛狭长，东岸称为出部，西岸称为落部。据说千年前，主岛附近徒生出一块小岛礁，上面有一岩洞，不断往外面吐硫黄味的雾气，把整座岛都围拢住，雾岛因此得名。虽然雾岛常年雾气缭绕，但黎是维从未见过什么释放雾气的岛礁，只当是虚构罢了。但他又听人说，那块礁石是存在的，但只在每月潮最低时才能得见。

雾岛的面积相当于半个香港，但只零散分布着四五个小镇。其中最繁华的麻埠镇从清朝开始就是重要的商运港口，战争年代萧条过，如今新建了造船厂、轮渡公司和集装箱码头，重新热闹起来。出了码头便是一条宽阔的主干道，正是最热的下午两三点钟，地面冒出灼热的气焰。美珍与侄子快步钻入梧桐树的阴影中。街道两旁栽满树龄三十年以上的法国梧桐，虽然树干因水土不服而日渐斑驳，但枝叶依然繁茂，看不出病态。即使秋末狠心剪枝，待到来年夏天，梧桐枝叶依然会将整片街道的天空遮蔽。这里的气温自然比别处低一些，形成一个特别凉爽的地带。街边即是陈旧的住宅楼，沿街的楼群底层大多出租给商铺。岛屿人民业余生活丰富，除了小吃店、茶叶店、棋牌室、宠物美容院，也不乏卖乐器和文房四宝的商店。虽然看似没什么顾客，但又一直维系着营生，没有倒闭的迹象，这大概也是岛屿的一个写照。

麻埠镇的大多数居民都住在离码头约三公里远的镇子中心，但黎是维的太奶奶、大孃孃至今仍住在山里，从未搬离过。那里还存留着一些过去年代遗留下来的小洋房，其中大部分都推倒重建，尚有两三百户人家居住。夜晚山上的住宅纷纷亮起壁灯，宛如耀眼的星子。

20世纪初，富商黎稚清买进一家电气公司，又投入大笔资金购置柴油机、发电机，开设麻埠电力公司。很快他在这里建造了一座中西合璧的花园别墅，时称"黎家花园"。今址为南尘港街27号，这便是黎家老宅的前身。战争期间，宅邸被烧，只留下一片残壁。新宅是20世纪80年代初在原来的地基上翻建的，风格为混合式的西欧建筑式样，外墙由清水砖砌成，地面铺大理石瓷砖。院子里辟出白石小径，水缸里养着莲花和鲤鱼。宅邸周围卉木蒙蒙，一条小径从后屋一直延伸到山顶。阳面见海，阴面背靠着一片幽深的竹林，到了晚上，涨潮汹涌，掩盖一切声嚣。落潮后，才能寻觅到鸺鹠、蝙蝠、蟋蟀和蛙的细语。

太奶奶和她的看护阿莲住在底层的朝南卧房，房间大而空幻，屋内只摆着一张雕花老床、一只松木五斗橱、一张藤椅、一只樟木箱子，及一张可折叠的小铁床，连张多余的椅子都没有。房间三面开门，前后开窗，窗门大开时，天花板上的电风扇会因强大的气流自动旋转。由于空旷，只要大声说话，必有清晰的回音传回。两岁的时候，黎是维曾被小孃孃抱来这个房间，正学语的他很快发现了房间的特质，他"咿呀"一声，便立刻得到另一个孩子的"咿呀"回应。他笑，那声音紧跟着他笑；他哭，那声音也紧跟着他哭。如此往复乐此不疲，直到大人烦了，把他带离为止。

太奶奶年轻时便有"火烧心"的名号，十分怕热，晚上要开了后门睡觉。风是海那边吹来的，有股咸腥味。风经过崎岖的岛礁、蜿蜒的丘陵到这里，便有了自己的声调，像是在哭诉什么，到了夜里十分骇人，总让人错以为是撞客了。保姆阿莲言语不多，穿衣服素静，做起家务也安静得没有声音，让人忘了她的存在。有时黎是维路过这间屋子，时常以为里面没有人，探头一望，才发现两人都在，她们的日常活动已然和窗帘的晃动与树影的摇曳融为一体。

黎是维的爷爷、奶奶婚后多年没有小孩，从天主堂里抱养了长女黎美华，第二年就生了个儿子，两年后又生了女儿。他知道爷爷奶奶后来还有一个孩子，五岁时出车祸去世，小小的尸体就埋葬在后山的竹林里。数年前，爷爷、奶奶相继患病去世。三个孩子唯独美珍家庭零落，于是雾岛的房子就留给她。兄弟姐妹之间虽不比从前紧密，但情感依然维系着，每逢节日假期，三家总要相聚老宅。

美珍年轻时在夜校念过英文，在东方航空当过空姐，后来又在星级酒店工作两年，交往过一任年逾四十的外籍男友，亲戚们都叫他老约翰。美珍讲他是美国富商，要在上海做进出口生意的，于是也投了五万块积蓄进去做股东。美珍年轻时恋爱如电光石火，走火漏电的事也是常有的。不到半年，美珍就发现自己受骗了，老约翰的身份是假的，单身是假的，生意是假的，连头发也是假的。两人干起架来，打到了派出所，双方皆挂了彩。老约翰成了过去式，美珍旋即又谈了个青年才俊，他在上海开了家电子设备生产厂，盛况空前，拥有上千员工，广告打到了电视台。美珍与他交往一年后闪电结婚，生下一个漂亮女婴。不过才风光了四五年，一次资金断裂，厂子一夜间倒闭，丈夫也卷款逃去深圳，不回来了。为了还债，美珍卖了房子、车子，只好带着女儿回雾岛去。大梦初醒，美珍励志要在这片土地上干出一番事业，用早年做理财的积蓄开了家海鲜酒楼，又盘下一个山头，雇人种下十几亩地的经济果树。女儿上小学后，光景逐渐好起来。

美华一家住在山脚下的小房子里。下岗潮扑来，美华不能幸免。美珍开了海鲜酒楼以后，她就在里头帮忙，进货采买自然也能刮下点油水。美珍心里门清，不过毕竟是自家阿姐又不好明说，睁一只眼闭一只眼也就过去。大姑父徐德宝是招女婿，开环城公交。每次家人团聚，大姑父就要讲他的"公交车传奇"。在他口中，那辆七吨大巴已然成了手中法器，被驯化得百般灵通。出神入化的驾驶技术自不必多说，被反复提及的还有二十次拾金不昧、五次手擒持刀歹徒、两次被纸媒公开表彰的经历。据说大姑父收到的锦旗办公室里都挂不下，最后只能在黄梅天当踩脚布。

太奶奶已经不再说话，也不太下床了。到了晚上，房门紧关着，再也没有风从后山穿堂而过。夏天似乎还没开始就已经过去。黎是维总觉得，太奶奶已经走了很久，她的眼瞳中早已没了图景，或许只因一些模糊的眷恋，暂留下身体。

早上，阿莲用橄榄油帮太奶奶梳完头发，又喂她吃了点米粥。还没撑到中午，太奶奶又睡下了。美珍从未见她这样倦怠过，请了相熟的社区医生为她做检查。按照医生的说法，太奶奶没有基础病，但各个器官都有衰竭的迹象，时日无多。美珍当即致电给哥哥、姐姐，与他们商量后事。美珍挂了电话，阿莲将她拉至太奶奶的房间。阿莲清理掉樟木箱上的杂物后，从中取出一件白芷色缎面连袖半开襟旗袍、一件茶色丝质开衫、一双透明玻璃丝袜及一双赭色刺绣布鞋，展示在樟木箱上，然后道："老太太让我取的，东西老早准备好了,无需背着她。"美珍见到搭配齐整的寿衣,连声说:"好看的,好看的。"她又是哭又是笑,好一会儿才拭去泪痕。"拿去兰婆那里熨一熨吧,这种料作只有她才熨得好。"

晚饭前,美华挎着一篮软糯的枇杷来了。她穿一袭暗绿色绸缎短衫,戴着金链子、金耳环。虽然年纪不大,却不知为何追赶着一种逝去的时尚。最为瞩目的是一双文过的青绿色挑眉,哪怕开怀大笑时,依然一副惊讶或嗔怒的神情。经年累月,美华的皮肤松弛耷拉了,五官不由自主地迈下几级台阶,但那双眉毛却还在原地不动。美华每次上坡来总要提点时令鲜蔬,哪怕顺手摘几个辣椒拽几根小葱,或者揭个碍眼的蹩脚菜瓜也行,绝不空手而来。这次侄子来了,必然是大手笔,这篮枇杷一看就饱食青光翠色,个个浑圆饱满。以往到了这时节太奶奶总要吃几个枇杷才算真的度夏,但今日她见到枇杷眼皮都未抬一下。美华叫她,她也不理,好像忘了她是何人。阿莲说,这几日,老太太总问她是谁。说罢当下想起来,没过几时又要再问一遍。美华一边叹息一边挽着美珍的手到外屋悄声说话。

黎是维正趴在写字桌上写作业,见美华来了,就放下笔,"大孃孃,太奶奶叫什么名字啊?你们叫她奶奶,我爸妈叫她奶奶,爷爷叫她妈妈,别人叫她老太太,但就是没人和我说过她的名字。"

美华走过来，从笔袋里抓了支铅笔，在草稿本上端端正正写了三个字：戚冠英。其中"戚"字下笔犹豫了些，写错了又划去纠正过来。"喏，记住了，这就是老太太的名字。"

黎是维拿起本子，仔细端详，"太奶奶的名字比你们的名字好听。"

"你不懂，我们的名字是有时代特征的。"美华说。

"我看是时代局限才对。"美珍说。

黎是维听不懂，又问："那太奶奶的小名叫什么？"

"小名没有人叫了呀。"美华说。

"每个人都有一个大名，一个小名。大名是外面人叫的，小名是家里人叫的。太奶奶的爸爸妈妈肯定也疼她，给她取了小名的。"黎是维说。

"老太太不太讲话了，下次叔公来了我去问问他，说不定他知道。"美珍说。

"对了，怎么没有人说起过太爷爷呢，他是很早就过世了吗？"黎是维又问。

"早就战死了。"美珍说。

"快和我说说太爷爷的事！"黎是维着急地说。

"哎哟哟，跟你又不搭界的。"美华说。

"小孩子好奇，理解的。"抵不住侄子纠缠，黎美珍只好领着他来到小阁楼的一间储藏室里，用生锈的钥匙打开了一只双开门的柚木柜子，一股奇怪的味道瞬间翻涌而出。美华捂着鼻子呛了两声："我就说，翻它干吗，搞不好有毒气哦。"

美珍将柜子开得更大，笑了，"阿姐你不要瞎讲，又不是藏死人的，哪里来毒气。"柚木柜子空间不大，只有上下两层。上层摆着几本烫金外文书，下层便放着传说中的剪贴簿和一摞鼓鼓的信，这些便是曾祖父的旧物。美珍从剪贴簿里抽出一张斑驳到模糊的照片，对美华说："阿姐，你看这张和豚豚像伐？"美华接过照片，对比一番后肯定道："连下巴上的小沟沟都一模一样。就是表情不大像，那时候拍照片稀奇得很，你看这张照片上的太爷爷，表情还怯怯的。"美华把照片递给侄子，也叫他看。

黎是维认真打量着照片上的人。过去时代的人们照相，不比现在的人从容，但这张照片依然呈现出它神秘的魔法：照片中的黎廷怀与黎是维年纪相仿，眼睛微微眯着，像国画里游弋的鲤鱼。他穿一袭深色长袍，帽子歪了，站在一棵老槐树前，身上挎着个垂头丧气的小书包。黎是维不敢相信，竟是那些素未谋面、不知姓名的祖先创造了他。

"为什么以前没听太奶奶提起过太爷爷？"黎是维问。

"太奶奶十八岁就嫁给了太爷爷，生下了你爷爷。后来太爷爷就当飞行员打仗去了。"美珍道。

"当了飞行员就不回来了？"黎是维问。

"战争年代嘛,他又是在前线的,哪里见得到?只让太奶奶每月去邮局领一百块钱家用。那时飞行员都是过一朝算一朝的。一会儿听说谁缺胳膊少腿了,一会儿又听说谁连人带机跌了个粉碎,太奶奶每天都过得很焦灼。"美珍说。

"你太爷爷在抗战时是个英雄,后来时局变化,到了内战期间又什么都不是了,甚至成了罪人。"美华补充。

"为什么英雄会变成罪人?"黎是维问。

"你还太小,不会明白的。反正打仗总不是好事情。"美珍道。

"后来呢,太爷爷打赢了吗?"黎是维问。

"死了,死得很惨咧。"美华道。

"怎么惨了?"黎是维急忙问。

"飞机摔下来,人就四分五裂了呀,没有全尸。"美华说。

"就是说,身体的各个部分都被炸开了,多痛啊!"黎是维道。

"到那时也许感觉不到痛了。你小孩子家,不要去想这种事。"美珍说。

"太奶奶本来可以去台湾的,时局动乱,太爷爷又战死,她没走成。一直留在这里,从十指不沾阳春水的夫人变成了每日挑粪浇菜的农妇。"美华说。

黎是维的脸上倏地黯淡下来说:"还有别的照片吗?"

"好像还有一张穿军装的,不晓得夹在哪里了,要好好翻翻。"美珍说。

"我要太奶奶年轻时的照片。"黎是维说。

美珍在柚木柜子里翻出一本小开本相簿,拂去表面灰尘,在夹页中翻出一只牛皮纸信封,从中摸出一张老太太婚前的照片,递给侄子看:"喏,还挺时髦的。"照片上布满了烟烫般的斑驳,太奶奶的面容模糊不清,但看得出只不过二十几岁,头上系着一条丝巾,穿一身旧时代的洋装。她坐在一间空旷的大屋子里,周围摆着一些木质家具,身后的大书柜里落满了山状的书。照片上的冠英腼腆地笑着,眼睛看向窗外的光亮,好像战争与爱情不曾存在过。他看了好一会儿,什么都不说,又把照片灌进信封,将封口认真捏好。美华看他愣了半晌,打趣说:"我们这个豚豚也是奇怪,电子游戏不玩,就喜欢研究这些老东西。以后说不定是个搞文史研究的。""看完了下来吃西瓜吧。"美珍递给侄子一只手持风扇嘱咐道,"不要在里面中暑了。"

剪贴簿是黎廷怀少年时制作的,他剪下喜欢的报纸栏目、照片、香烟壳子,贴到日记簿里,配上清晰简约的文字解说,其中女明星剪影占了一大半,夏梦、胡蝶、李香兰、李霞卿、阮玲玉。黎是维不认识这些女明星,全当是曾祖父的"女朋友们"。剪贴簿上还贴着抗战期间中国人道远征日本的传单内容报道。

告日本国民书：

我们大中华民国的空军，现在飞到贵国上空了。我们的目的，不是要伤害贵国人民的生命财产，我们的使命，是向日本国民说明，贵国的军阀在中国领土上做着怎样的罪恶。老早从昭和六年，贵国军阀就这样对人民宣传：满洲是日本的生命线，只要满洲到手，就民富国强。可是，占领满洲今已七年，在这七年之间，除了军部的巨头做了大官，成了暴发户以外，日本人民又得到些什么呢？沉重的捐税，昂贵的物价，贫困与饥饿，疾病与死亡罢了。

剪贴簿到此为止，像一条流入死路的小溪戛然而止。战争爆发伊始，日本战机大肆轰炸了上海、南京、南昌、杭州等城市，重创中国空军的意志。当时的政府决定，派一支空军远征日本投下纸弹，以示我军攻击日本的能力和仁爱精神。历史课上，老师曾对这段往事稍加评述：此举的重要目的在于纸弹不伤及无辜，与日本侵略者的穷凶极恶形成鲜明对比。时代和恨意或许远去了，但黎是维依然不解，既然已经飞到敌国，为何不投下货真价实的炸弹来雪恨？这纸团到底有何用处？

守夜的孩子　　019

黎廷怀正是受了人道远征的鼓舞，次年考入了中央航校。进入中央航校的大门，首先看到的石碑上的标语："我们的身体、飞机和炸弹，当与敌人兵舰阵地同归于尽。"再向前，空军阅兵台两侧，挂着如是横幅："风云际会壮士飞，誓死报国不生还。"他的步子迈入坟墓，他的飞机开进天堂。

抗战结束之后，战士们并没有品尝到胜利的喜悦，又马上投身到下一场战役之中。没有人知道战争何时结束，又为何还要打下去。黎廷怀得令轰炸一个为军方供给的村庄。正是晒谷的季节，村落的空地长出一块块闪亮的金斑，他听到锄头翻动谷子的沙沙声，听到微风骚动一棵披发的落羽杉。但轰炸机飞得这么高，怎么会听得到？再想听仔细些时，那些声音又倏尔消弭，被卷进螺旋桨中削成碎片。

机翼下的村庄里定有另一个冠英，定有另一个和清远一般大的孩子。他不想再战斗，想回航却没有坐标，就连后方的机场都被炸毁，无法降落。铁鹰失去方向，便等于失去双目。他知道必死无疑，无数往事都涌到眼前，纷乱而至的信息令他不知所措，他绝望地松开操纵杆，机身在惯性中飞行了一段时间后急速下坠。两列雁群飞过天际，是往南方过冬？它们的羽翼之下是山楂色的血与火，但它们好像在另一个平行时空列队飞行，丝毫不受干扰。它们的祖先已飞过千千万万次了，南方的温暖与丰饶已刻写进它们的遗传秘辛。

想起雾岛的秋日,不冷不热,正是和煦时光。廷怀的心中突然生出一股强烈的愿望,用尽力气将机头转去。但此时机体内燃料正在耗尽,他苦笑一声,终是到达不了。在生与死的罅隙间,一秒被拉长到一天,一分被扩容至一生。廷怀突然又回想起一件无关紧要的事:冠英十指不沾阳春水,婚后舍不得她吃苦,便花大钱请一名用人帮忙烧饭,做家事。冠英唯独会做水晶桂花糕,虽做得不大精致,倒也有个模样。他不爱甜食,为了不打击冠英的积极性,总骗她爱吃。他爱吃,她就爱做,每每做多了还要他带去军队里与战友们分享。回想这一生,最冤枉的就是往肚子里塞下这么多桂花糕,真真甜蜜的负担。机舱内燃烧起来,他的身体逐渐与钢铁融到一处,但他已将全部身心投注到往事中去了,再也不痛。

黎是维把剪贴簿按原样放回柚木柜中,锁好,再未打开过。他只偷偷地揭下了曾祖父曾祖母的照片夹在法布尔《昆虫记》内页中。他并未与任何人分享这些发现,也没有向谁展示过他的收藏。

几天后,太奶奶突然下床,不断重复三个字:桂花糕。阿莲猜测老人家是想吃桂花糕了,便认真告知美珍,这是你们本地吃食,我做梦也做不出个模子来。你去问问有谁会做,满足满足老太太的念想。美珍犯了难,旧时老户人家到了夏天就要做冰镇水晶桂花糕，但她不喜甜食，不大要吃，如今倒成了稀奇的吃食。打听了一圈，远近亲眷竟没一个人会做，连做糕的模子都找不出一个。还好邻居兰婆小时候见大人做过这种糕点，花了几天工夫研究出来，所用材料有糖桂花、吉利丁、蜂蜜，经过泡发、冷藏、脱模，味道、呈色八九不离十。见到成品，阿莲还是忍不住挑剔了一句："就是形状，像个漏斗。""是不够精致的，寻来寻去，找不到合适的模具了。""最后用的什么模子？""麻油碟子。"兰婆说罢，众人笑作一团。

水晶桂花糕做好的那晚，月亮升得很高，穿透了杉树林和蜿蜒的小山脊，升到正当空。星子们在皓月的照耀下，逐渐暗淡。只有木星还很明亮，明亮得发抖，像要沁出水来。水晶桂花糕已经在冰箱里冰镇了三个钟头，晶莹剔透，芳香四溢，透明的桂花糕里封锁着花朵，和稍纵即逝的冰不一样，这是一种永恒的食物，让人想到琥珀。它们封锁的是一个个瞬间：即将孵化的蛙卵、起飞的种子、睡着的蜾蠃，这些瞬间将被封存一万年，就像落入黑洞的物质一样凝固住。

满月似乎激发起人们心中隐形的潮水，把他们推入一个方向。大家都来美珍家纳凉闲谈，也都吃上了水晶桂花糕。黎是维发现太奶奶只吃了两口便失了魂似的跌入某个虚妄的空间里。这些年冠英的记忆日渐模糊，她时常想不起自己几岁，或是想起又忘记。有时半夜醒来，会想起那些她年轻时熟悉的人，一张脸叠着一张脸，无数脸叠成一张脸，她想叫住他们，等一等，但连名字都忘却了。月光打亮了黎是维的脸，太奶奶忽然"吁"了一声，唇形微动，好像说了什么。她好像忽然从噩梦中醒来，变得悲伤，手中的半块桂花糕掉落到地上，糖桂花滚落出来。

森不知道从哪里捉到一只蝼蝈，把它扣在一个透明罩子里。他是大孃孃的孩子，论年纪该上中学了，但因智力发育迟缓留级两年，还在读五年级。他的眼睛有点斜视，矫正后仍有痕迹。黎是维不敢盯着他的眼睛，因为从中得不到回应。表哥常抓了山里的小动物虐待。把野兔扒皮，或者把癞蛤蟆穿到树枝上，在火上炙烤。高温天气，还曾把当时年仅三岁的安彼锁在阳台上，致其脱水晕倒，还好大人及时发现才不至于酿成惨剧。黎是维曾经从神话故事中看到潘多拉的形象，立即联想到表哥，晚上梦到表哥变作山羊，撕咬腌臜的腐尸。他总是警惕着森，从不与他单独待在一起。他隐约知道，森也不断被同龄人和比他大的孩子欺负。他被同学炸烂过嘴巴，打掉过门牙，还被脱光衣服绑在滚烫的电线杆子上。表哥总在寻找出口释放那些作用在他身上的恶，在封闭的小镇上，孩子的恶往往是被继承和传递的，对于这点，大人们守口如瓶，秘而不宣。

蝼蝈不断在四壁攀爬，寻找出口。森从裤兜里摸出一把削铅笔用的折叠小刀,又把蝾螈捉出来,摁在地上。

"要做什么?"

"切它的尾巴,看看会不会长出新的来。"

"会很脏的,小嬢嬢要骂。"

"她不敢骂我。"森面无表情,嘶哑的声音像是从地底传来。夜很浓,但能看到他掌下的蝾螈不断挣扎,因器官被过度挤压,嘴里吐出了一些黏液状的分泌物。

黎是维不忍看下去,正想回屋时,表哥被人从后头推了一把,他手中卸力,蝾螈滋溜跑了。表哥愣了一下,回过神时那推他的人却比蝾螈逃得还快,早就撒腿跑开没入夜色中,没了影。

森瞪着眼睛四处张望,咬牙切齿地说:"谁他娘的推我?"他口齿不清,骂人倒是很顺的。但到底还是个小孩,也不十分可怕。黎是维摇摇头,只说太黑了没看清。表哥将信将疑,随手抄起一根竹竿噌噌往山下去,一边跑一边破吼,那是一种混沌的语言,由一些无序的象声词组成,没有人听得懂,更像是动物的声音。黎是维担心那孩子的安危,便一路跟在后头。幸亏表哥视力不好,连个影子都没摸到。

回屋睡觉前美珍发现家里的自鸣钟不走了。这台"三五"牌台钟当年是个紧俏货,要到上海的百货店里才能买到,是太爷爷和太奶奶结婚那一年添置的。自鸣钟在家里摆了八十多年，早已老态毕露，锈斑增生，但只要上足发条，就能分秒不差地走上十五天。这夜不知怎么的，自鸣钟忽然不走了，时间停滞在十点四十五分。美珍预感到不祥。

那夜黎是维辗转难眠，恍惚看到有个人穿着军装在门前踱步。好不容易入梦，他又听到一些有趣的声音，就像偶然截获的电波信号，微弱但清晰："士兵诸君，粉碎军部常年的横暴，这正是时候了。士兵大众诸君，好好地想法打败仗，敷衍战斗，不要死，不要受伤，不要打仗。这正是忍之又忍的日本大众的争议，也是惩罚军部的使命。"

这是报纸上介绍人道远征的文字。他第一次在梦中清醒地意识到自己在做梦，听到飞机螺旋桨的轰鸣，忽然就变成驾驶飞机的人。飞机的盘旋声惊动了长崎的市民，他们纷纷爬出被窝，准备往防空洞去。一个居酒屋老板紧紧盯着窗外，似乎发现了什么。他小心翼翼地走到屋外，发现飞机投下的竟是无数纸团，雪花般落下，他俯身捡起其中的一个展开，上面用日语写着："我空军长征，散发传单，目的在告诫倭国军阀，使知吾中国空军之威力，随时可以粉碎三岛。尔再不驯，则百万传单变为万吨炸弹矣！"第一时间发现纸炸弹的远不止居酒屋老板，还有值班的警察、站岗的军士。他们看到那些反日传单，立刻逐级上报。飞机投完纸炸弹，又排成一线，升到五千英尺，径直向西海岸飞去。从空中回顾俯视，长崎全市灯火突然熄灭，探照灯在夜空中，如梦乱舞。这不像是一个梦境，因为它秩序井然。他说不清这个梦境的实质，醒来，梦便悄然离散。在此后的生命中，偶尔如火花一闪，划过心间。

3 乍现的菌子

黎是维仍然记得小孃孃当初怀的是双胞胎，怀孕满三个月再去妇科检查时发现一个孕囊不再发育，数月后原本一对双生儿只诞下一个，取名安彼，英文名字也轻易得来，就叫Abbey。女婴生得标致，像黑夜里的山茶花总是笼着一层薄雾的样子，可爱而神秘。美珍欢喜女儿的样貌，把她打扮得像音乐盒里转动的精细小人。

犹记得学说话那阵安彼曾指着小脑袋说，这里痒痒，有人。大人们就带她去医院做脑电图、心电图，全无异样，也就不再过心。对安彼来说瘙痒和异物感却从未消失，她总觉得有一双眼睛正透过她的身体往外看，那是一种超脱于她本身的观察。

一次她在空白的纸上练习写自己的名字，右手起笔时，她的左手竟不受控制地拿起另一支笔开始写字。当右边的"安"字添上最后一横，左边的"彼"字也差不多收尾，但安彼无法向任何人展示这一技能，只要有人盯着看，就怎么也做不到。安彼隐约感觉她并不完全是自己，有时她甚至担心稍不留神就会把自己的身体弄丢。

安彼聪慧异常，一岁半时数数就能一路数到两万，三岁时已经熟稔百数以内的各种运算。这年暑假美珍托关系帮女儿插了个奥数班，安彼开始学习数论，每天吃过中饭就要乘坐两路公交车到落部去补习，和一群比她大很多的孩子上课。表妹去上课以后，黎是维落了单，再也没有人和他一起去镇上滑旱冰、打电子游戏。最近安彼又对素数的分布规律产生了浓厚兴趣，她常拿出一张纸，写上几排数字，又挑选出素数连成螺旋状，然后望着银河悬臂般的螺旋图案久久凝滞。此时若与她说什么，她都是听不见的。住了几日后，黎是维感到无趣又烦闷，正打算着过几日就回上海去，面对将要袭来的洪流。

时值雨季，院子里万物萌动、草木蔚然，新鲜事物层出不穷。去年园丁砍去一棵多余的樟树，可怜巴巴的树桩很快被葱茏的苔藓覆盖，成了昆虫的家园。雨季时木桩边突然滋生出一圈茁壮的木耳，没几天就被鸟吃了。今年下过几场闷雨后，木耳又如期而至，长得比去年更大，看上去蓬松、憨笨，着实可爱。

菌子总是在意想不到的地方乍现，然后被阿莲顺手割去爆炒或炖汤，没几天又探头探脑地萌出一圈。这几天一把腌臜的拖把在松树底下倒了好几天，因连降暴雨无人去管。天晴那日阿莲去收洗，忽见拖把上长出几只恶心的奶白色野生菌，太阳一晒就苍老，菌褶收紧，褪为灰绿色。

豚豚恰好在院子里寻虫，也见到了这茬野生菌。"像坏掉的伞。"他见菌子好玩，便伸手去摘，立刻被阿莲喝住。

"别动，是大青褶伞。毒得很哪。"

"会吃死人吗？"

"毒不死大人，也毒得死小孩了。凡是头上戴帽子、腰间系裙子、脚上穿鞋子的菌子都吃不得。"阿莲的老家远在云南山区，从小便习惯翻山越岭采菌子，懂得如何辨别有毒的菌子。

"你说的不像是菌子，倒像是女孩子。"

"那可不是女孩子，是妖精。"阿莲边说边把菌子拔去，骂骂咧咧地捏碎了扔掉。几天后，肥沃的棕土中又新发了一丛铜绿菌，很快被阿莲摘了熬鱼汤，鲜美无比。此后几天，黎是维都缠着阿莲教他识菌子。

雷雨夜，太奶奶却睡得格外早。安彼怕雷怕得要死，美珍只好关了所有电器，点了几根蜡烛，一家人窝在大厅里说话。安彼蛙一般伏在不导电的大理石地面上，捂着耳朵动也不动。黎是维则四仰八叉躺在摇椅上，不时觑一眼胆小的表妹，嘲笑她。

他们看到了闪电。滚烫的闪电刺入大气层，倏忽一闪，紧接着在所有人的头顶、耳畔、松果体上炸开。房子被震得发抖。美珍借着烛光切一只脑袋大小的西瓜，嚓一声，瓜在刀锋下裂了，清洌的甜味沁出，一人手里一丝。阿莲汰完浴，见屋里漆黑一片，也到烛火边来闲聊。美珍往她手里塞了一丝瓜，她吃一口，便讲起小时候的一桩鬼事。

也是一场雷雨，后山轰然萌出大量菌子。村里人蜂拥而至，都想尝个鲜，阿莲拽着小竹篮兴冲冲跟了去，她最爱吃喝饱雨水的菌子。几棵丝柏妖娆地伸向天空，她闻到浓重的焦灼，气味里有火，有铁矿砂，也有黏稠的蜜。她被这味道迷住，不由自主寻去，忽见一个与她等身的小女孩，正蹲在一棵横亘而卧的空心树边采菌子。阿莲叫她，她也叫阿莲，两人拉着手互相认了一会儿，照镜子似的，才发现她们长得一模一样。那日时间跑得飞快，菌子没采几只日头就西沉了。

回到家中，阿莲把午后奇遇告诉了太婆。太婆眉头一皱，问她都做了些什么，她全然不记得，只在衣兜里摸出一大团细软的红线。大概是翻花绳了吧，翻了很久的花绳，阿莲说。太婆脸色大变，嘴里连声咒骂，活见鬼！

次日，太婆把红线塞进阿莲手里，要她再去后山找那女孩,并肃然叮嘱:把红线悄悄绑到她身上,放长了带回来。她要是不让我绑呢?阿莲问。那你就回不来了。太婆厉声说。阿莲果然在后山遇见了女孩,她们玩起翻花绳。

转眼太阳又要西沉,阿莲想回家,女孩却执意留她:来我家吧,我阿姆烧了晚饭。说罢勒着花绳将阿莲的手越缠越紧。哪里来人家?阿莲疑惑。她试图解开花绳,却发现被打了个死结。这里到处是人家,怎么看不到?女孩反问。

阿莲突然想起太婆的话,心头纠结起来,害怕极了,慌乱之下不知哪儿来一股巧劲,迅疾把花绳翻了几回,反套到她手腕上去,然后猛地收紧,飞快地朝着烟火的方向奔去。

回到家里,阿莲吓得面色煞白,眼睛紧闭着,哪里都不敢看,抖抖索索伸出手,把红线交给太婆。天黑以后,太婆带她沿着红线的踪迹回到山林,越往深处,越是察觉一种细碎的人声。走了几步,突见林深处萤火闪烁,定睛看去,红线就牵在一株发光的菌子上。太婆大骂:终于被我找到你个学人精!只见她抽着红线用力一拽,菌子连根带土被掘地而出,死死卧在潮湿的泥泞中,熄灭了。太婆将菌子带回家去,扔到灶肚里,生火烧烬,喂了猪吃。

听罢这场逸事,安彼不发一言,像是被戳到痛处,心头顿生悲楚。雷声尚未消弭她便回屋,蒙头在被子里嗡嗡哭了一夜。

4　麻雀的坟墓

　　第二天早上，黎是维在水洼里捡到一只发亮的竹象，不知道怎么死的，身体出奇完整。吃过午饭，他就埋头处理竹象的尸体。他盛了点温水，用细小的刷子清洁竹象的身体，再用纸巾仔细将竹象擦干，用小钢针悉心剔除竹象的内脏和肌肉，最后将竹象钉在泡沫塑料上，仔细撑开它的翅膀。标本初步完成，竹象变得鲜活，有展翅飞离的形态。他打算晚些时候去竹林里捡一节漂亮的老竹节，把竹象钉在上面盖上玻璃罩，即为永恒。

　　对于鞘翅目甲虫标本，将活体直接放置到酒精或乙酸乙酯溶液内浸泡杀死是最好的保存方法。而蝴蝶、蛾、小型蜻蜓和豆娘这类昆虫却并不适合使用毒瓶，它们会在瓶中不断挣扎，不惜折损脆弱、美丽的翅膀。黎是维知道，如要完整地保存鳞翅目标本，可以将翅膀对叠放入三角包中，静静等待它们死去。急于处死的话，只要轻捏住它们的胸部，稍微挣扎几下也便殒命。他深谙这些技巧，却很少这样做。好在他运气不错，经常在窨井盖、地沟、窗台凹槽发现一些昆虫尸体。只可惜尸体大多是残破的，自然界中难有完美的死亡。突然一阵倦意袭来，他放下手中的标本回到阁楼，把风扇开到最大，然后整个人往床上仰天一躺。

院子里刚收了一茬杨梅、一茬枇杷。柠檬花开了，吸引来蚜虫在蜜里翻滚。果子发酵的醉气与施肥的腐臭不断从半掩的窗户里飘进来，黎是维不知不觉睡着了。约半个钟点后，耳边传来一阵敲打窗户玻璃的声音，时断时续，好像还有微弱的人声。他不情愿地醒来，起身走到窗边查看，忽见一个小女孩正骑坐在后窗那棵探头探脑的广玉兰上，手里挥舞着一根光秃秃的小树枝。他吓了一跳，不由得往后退了两步，"你是小偷吗？"

"快开窗，这树上有蚂蚁，顺着我的脚背往上爬呢。"树影印在女孩的脸上、胳膊上、大腿上，就像从她体内生长出来的一样。原来是邻居兰婆家的外孙女，大家都叫她小夜的。安彼与她同龄，平时两人形影不离，连体婴似的，长得还有些相似。

"为什么不从门里进来？"黎是维问。

"到都到了，还请我回去不成！"小夜挥舞着树枝，她身下晃动的树枝瞬间变成飞蹄的战马。

"知道啦。"黎是维赶紧打开窗户，伸出双臂，做出迎接她的姿势。小夜嘴角些微一笑，扔了树枝，张开手臂环住了黎是维的脖子，然后两腿用力一蹬，便从树枝跳到窗台上，一个轻跃，落进屋里。黎是维见她心性恣肆，不客气地说："没人管你吗？"

"管我做什么?"她拍了拍沾在头发上的植物组织说,"你这屋子太高了,差点爬不上来。我刚才从家里出来才想起安彼上学去了。不过想起安彼说她表哥就住在楼上,无聊的时候可以找他玩。我顺着这棵大树爬到尖尖上,果然还有一间小阁楼。"

黎是维像个大人模样邀请苏夜坐在自己的床上,往她手心塞了几颗咖啡奶糖,自己则坐在一张纹路很深的小板凳上。此时,苏夜忽然唉声叹气起来:"自从上了学(不过一个学年),安彼就变了。以前我们经常睡在一起,安彼还经常来我家吃饭的。现在她一下子成了天才,也不常和我玩了。下次你问问她,是不是交了新的朋友?"

"据我所知,没有新的朋友,还是和你最好。"

"这么说,你以前就认识我咯?"

"知道的,那天晚上不就是你推了人。"

"哦,你看见啦?"

"那个影子细细长长,留着短发又不像男孩子,只有你了。还好天色黑,要是被他知道,非抽了你的骨头,喝你的血。"

"完了,你可千万别告诉他,要不然我就死定啦。"

"你很怕他吗?"

"他可吓人了。"

"怎么说？"

"有一次，我和安彼捉迷藏，他不知道从哪里冒出来，浑身绊着谷粒子，也要和我们一起玩。没办法喽，只好他来抓，我们躲。那时这房子比现在空得多，我们躲进一个很大的空酒坛子里，里面很黑，我们轻轻地说话，说他的坏话。过了很久很久，都没有人来抓。我和安彼以为他找不到，不玩了，于是就打算从酒坛子里出来。没想到我们一顶开盖子就看到他的脸，我们不知道他什么时候来的，还是一直在那里，于是就问他什么时候找到的。"

"然后呢？"

"他猜到我们在酒坛子里。他一开始就在那里。"

"你怎么知道？"

"他自己说的，好像不是要和我们玩，就是为了吓这一下。"

黎是维打了个冷战说："肯定吓死了吧？"

"可不是吗，安彼吓得半天都没和我说话。"

"是人不是鬼，怕他干什么。"

"是鬼我倒也不怕。最怕的就是人做鬼事。"

"后来呢？"

"哎呀热死了，先让我凉快一下。"苏夜起身将吊扇开关旋到最大挡，吊扇叶片飞速旋转，原本肆意落定在纱窗、蚊帐上的小蚊蝇们抵挡不住巨大气流纷纷坠机。

黎是维这才发现苏夜的刘海上不断坠着小水珠，有几颗还滚进了她栗色的杏眼中，酸得她眼泪直流。他赶紧带她到楼下洗了把脸，用自己晒得发干的小毛巾帮她把脸擦干，又从冰柜里拿了根光明牌雪宝棒冰给她吃。

苏夜接过冰棒撕开滴着水的包装纸问："你不吃？""嗯，不吃生冷的。"黎是维道。他们回到小阁楼。苏夜牙口奇好，又不怕冷，冻得发脆的冰棒在她口中骨头般折断。她啃咬着棒冰，又换了个话题："前段时间有个女的被杀了，至今没有找到凶手。你听说这件事了吗？"

黎是维故作镇定地说："听小孃孃讲过。"

苏夜吮了几口冰棒滴下的朱古力水说："那你肯定不知道，尸体被割掉了乳房。"

"这倒没听说。"黎是维说。

"这里有杀人犯，你不害怕吗？换我就赶紧逃回去了。"苏夜说。

"哪里都有坏人。"屋外蝉浪此消彼伏，烈日在云里穿梭，房内的光线忽明忽暗。黎是维有些心神不宁，他打开电视，漫无目的地调台，转到《森林好小子》便停下来，也坐到床沿上去。苏夜热衷讲述各种光怪陆离的恐怖事件，似乎有种奇怪的欲望，致力于吓倒身边的男孩，让他一蹶不振、缴械投降。她又说起另一个骇人的故事。

"你知道这里有怪鱼吗？很大很大，会吃人。"

黎是维从夜聊的人群中听说过此事。在雾岛海域中，向来生活着一种行踪诡秘的怪鱼，披着鳞甲，浑身缠绕着绿眼睛般的海葡萄。乌云般大小的怪鱼在船只间穿行无阻，发出野牛的叫声。它们白天是鱼，到了晚上吸收了日月精华，便收起鳞甲长出一层黑亮光滑的皮肤，又忽生出四肢，在夜里摸黑上岸，猎捕妇人与小孩。黎是维并不相信这些没有根据的山海话题。但苏夜却说，她曾亲眼见过这种怪鱼，身形大小与她相似，也爱吃甜食。一天夜里，她在码头边的小卖部里买了冰棍往回走。忽见火烧般的月亮正从拥挤的杉树林里探头而出。她忍不住朝月亮那里走去，不想雾气腾腾的海面忽然烧开了一般咕咕冒着白气，一圈圈的水纹不断化开向四周散去。她揪着心，有种不祥的预感，但为时已晚。只见一个黑影从海面跃起，抢走了她手里的冰棍。

"它的手黏糊糊的，蛇一样，很滑又很恶心。我给它取了个名字，叫莽子。"

"瞎说吧，没听说什么妖怪只要冰棍不要吃人的。"

"妖怪也不是每个都一样。"

"你就不怕莽子来找你？"

苏夜说话的时候眉毛如舞蝶翩飞，眼角甚至隐现出一丝抑制不住的快乐。"那天莽子入海前好像还摸了我的脚踝。"

"摸你脚踝干吗？"黎是维打了个冷战，将信将疑地说。

"看看顺不顺手啊。"苏夜说。棒冰在她嘴里咯吱咯吱发出骨的脆响。

"顺手的话会怎么样？"黎是维又问。"那样……"苏夜瞪圆了眼睛，俯身摸了一下黎是维的脚踝，然后不紧不慢地说，"如果顺手的话，它就会把你拖进海里。你说，那女的是不是被莽子杀掉的？"黎是维的心理防线崩塌，连声说别讲了别讲了。苏夜见他真的怕了，贴心地轻拍他的肩膀说："别怕，莽子盯上的是我，与你无关。"

吃完棒冰，苏夜走到书桌边，发现桌上有一只亚克力盒子，里面有斑斓的事物若隐若现。她指着盒子问："这是什么？"

"打开看看吧。"黎是维说。他忽然发现眼前的苏夜的眉眼和表妹长得很像，就像是一对双胞胎。不过苏夜的肤色要深一点，像烤过的发亮的栗子。近来她不知道从哪里染了虱子，干脆把乌油油的长发绞短，因此也能轻易和安彼区分开来。

苏夜打开盒子，里面是一只展翅的虎斑蝶标本。"不动了，但是像活的一样。"

"经过处理就能保持鲜亮，基本上不会褪色。"

"它是怎么死的？"

"不清楚，在窗边捡的。蝴蝶都很脆弱，你看它左边的翅膀是破的。"

"你会故意弄死它们做成标本吗？"

"有时候。"

苏夜合上亚克力盒子,低着头没说话。

"对了,你为什么不走路呢?"

"一旦走路就不能回到树上了。爬树好玩多了,每次都能走不同的路线。"

"爬树难吗?"

"不难,我可以教你。"

苏夜教了他一些爬树的小秘诀:最难的是上树,只要顺着树干爬上去了,胆子够大的话就能一直往高处去。树干看上去光秃秃的,其实总能找到一些小小的凸起或者凹陷的树瘤,用脚牢牢抵住,借足了力就能上去。爬树的确不难,但黎是维没想到自己竟有些恐高,当他们打算从广玉兰转移到一棵梧桐树的时候,他害怕了。那棵树有五层楼房那么高,遮天蔽日。他紧紧抓着苏夜的胳膊才能移动,就像钳铐着钳在淤泥中缓行的龙虾。但很快他习得了要领,一旦习惯在树上,就遗忘了高度。

太阳下山的间隙,他们都疲了,打算去附近的小卖部买冰砖吃。表哥忽然从阴暗的灌木中冒出来,将率先下树的苏夜扑倒,他骑在她身上,像是捉住了一条在岸上扑腾的鱼那样死命按住了她划动的双臂,嘴里愤愤骂着:"小贱东西。"他说话时语序总是错乱的,"背后作怪我!"他扇了苏夜一记耳光,又朝她吐了口水。她的小脸肿起来,由红变紫。黎是维仍然落在树的高处,他犹豫了几秒,然后闭眼跳了下来,地面上扬起一片尘土。他可能扭到了脚脖子,有点站不稳,踉跄着从背后钩住表哥的胳膊,将他拖起。森失了重心,不知哪里又窜出来一只黑背大黄狗,飞身落到森腿上撕咬,定神一看,是兰婆家的小福。森摔了个四脚朝天,苏夜借机从他身下逃开。黎是维对她大声喊:"快跑呀!""那你呢?"苏夜担心地说。"他不敢打我的。"黎是维的双肘仍然牢牢勾着森的腋下,坚定地说。"小福,走。"苏夜叫了一声,他们便电光似的跑向一片田野。她的脚步飞快,纤细的脚脖子仿佛隐去,腾空一般。

"松手,不敢揍你吗,我?"森揪住黎是维的胳膊将他撂倒,拳头重重落在他的右胸上。他的心脏大概迟滞了一两秒,一阵刺痛,两眼发黑。"没用,这东西。"森吐了一句,追了出去,但他追不到的。苏夜跑向了太阳的尽头。太阳巨大,在地平线处被电线切割,淌出石榴的血液。一个小小的、纤细的身影跑着,或者飞着,飞向石榴血液中。他看着这身影,觉得世间的勇气就都聚到了这一刻,他永远不可能像她那样奔跑。因小福咬了森,后来兰婆赔了五百块钱才算了结。

回到家中,缓了半个钟点,黎是维恢复过来。美珍已经接了安彼回家。太奶奶早先吃过米粥,这会儿已经在休息

守夜的孩子　039

了。美珍和阿莲搬出一张大方桌、两只立式电扇，一边包馄饨一边聊山海。黎是维和安彼则趴在桌子上喝雪碧，吃美珍从饭店里带回来的酱鸭和烤麸。

"少吃点这种东西，不健康。今天我烧了大青鱼，放了很多你们喜欢的毛豆，等下多吃点。"阿莲一边叮嘱一边进厨房端菜。两个孩子只当耳旁风，一人一个鸭腿啃得不亦乐乎。

"下午小夜来过。"黎是维突然说道。

"找我吗？"安彼问。

"嗯。"黎是维说，"找不到你，进了我的屋。"

"我和她说过上学去了，她又忘了。你们都玩了些什么？她又不喜欢打游戏。"

"爬树啊。"他没有告诉大家下午发生的事，无法用孩童的语言组织起来。

太阳正钻入山林，但余晖依然将大地和海照得明亮。美华端着一盆切得精致的酱牛肉上来添菜。见大孃孃来了，黎是维装作无事发生，并没有提及方才与表哥的冲突，继续和安彼说着苏夜的逸事。听两个小孩在谈论她，美华的话匣子也打开。她年轻时在兰婆的裁缝店里当过学徒，对兰婆的家事如数家珍。她把牛肉一放，给自己倒了杯啤酒深啜一口，绘声绘色地描述起苏夜小时候得的怪病：到了两岁还是白天睡觉，夜里玩乐。一家人被她折磨得精神萎靡，形容枯槁，到处求医问药。后来有人介绍兰婆去另一个岛上问半仙,那半仙挥手撰了个简单的小方子——家有夜啼郎,家住南尘港。又小小地写上生辰八字,嘱咐家里人把药方贴在离家最近的公厕里。然后他把方子叠成一个整齐的小方块按在兰婆的手掌心,贴着她的耳朵悄声道:遇到有缘人如厕时看到,心中默念一遍,便万事大吉。半月以后,药方果然起效,孩子的作息果然规律起来,白天玩耍,夜里睡觉,打雷也不起。后来干脆取了方子上的夜啼郎作小名,大名便取一个"夜"字。

阿莲菜摆了一桌,荤素搭配,营养均衡。美华二话不说,自己拿了碗筷准备盛饭。

"爷俩不等你吃饭?"美珍接过美华的饭碗,帮她盛了满满当当一大碗白饭,又往饭里倒了些冷茶摆到美华面前。

"管他们做什么,还等我喂到嘴巴里吗?"美华说。

"人家要你喂,你手伸得比谁都快。"美珍笑道。

美华笑笑不应声。黎是维接着前面的话题问:"那个小夜,不喜欢走路的?"

美珍补充道,嗯,也不晓得啥道理,有路不走,下楼梯从扶手上滑下去,进出家门习惯爬墙、翻窗,从不在门里进出。路和门,不存在的。

她还说为了禁止她翻窗,大人们在窗户上加装了波浪状的栅栏。谁知她柔术了得,居然还能伸缩身体,蛇一般进出。后来长大一些,终于吃了苦头,一次钻窗回家,被卡在窗户栅栏里,不进不出。兰婆报了119,消防员用了电锯锯开窗户才把她救下。消防队觉得此事好玩,便联络了当地电视台来拍,于是营救苏夜的过程便上了当日的晚间新闻。

"小姑娘家家,这样不太好。还是像我们安彼,斯斯文文的好。"美华摸着安彼的后脑勺说。不知为何,安彼下意识躲了一下,笑颜消失,只闷头扒饭。

"我们安彼也喜欢和她玩的呀,只不过胆子小点。阿姐,你还记得她俩小时候偷鹅蛋的事情吗?"

"还偷过鹅蛋,快说说!"黎是维马上拍起手。

"附近有片芦苇荡,每年都有野鹅做窝生蛋。安彼和小夜在那里玩,有天看到草堆里白花花好几个蛋,安彼就拿了一个,兴高采烈要孵一个小鸟出来。没想到半路上遇到家长了。"美珍说。

"什么家长?"黎是维问。

"就是老鹅呗。那鹅站起来比我和小夜还高。"安彼突然敲着筷子说。说到这件往事,她兴致又高起来,"小夜用手肘顶了我一下,要我还回去。但这鹅蛋好不容易找到,事到临头又舍不得。就犹豫了这么一下,来不及了,那鹅大叫一声冲过来,把我俩吓得半死。它站起来有那么高。"安彼比了个手势,那鹅的高度竟越过大方桌子,"小夜就叫我先走,她来和大鹅搏斗。没来得及走,那只鹅挥着大翅膀朝她当头一拍,直接把她拍泥里了。我吓得手里的蛋也滚了。好不容易把苏夜从泥里拉起来,她已经成了个黑人。顾不得了,拉着她狂逃。鹅还在后面追。太凶了,鹅竟然这么凶!"

此时黎是维已经笑得人仰马翻,饭也吃不进一口。

"那天我老远就听到安彼的哭声,她说小夜让人给打了,现在满身是泥不敢回去。我连忙问是谁,她说是鹅!乖乖,把我乐的。看着她满身是泥又不忍心,帮她洗了一遍,换了身安彼的衣服送回家里,只说是衣服脏了给换的。"美珍又补充道。

黎是维天天和苏夜一起爬树,他喜欢从一棵树抵达另一棵树,如何跨越树与树之间或大或小的空隙,是探险最惊心动魄的部分,无异于从一个国度迁徙至另一个国度。那个夏天,他们几乎爬遍了这片山脊中所有的叫得上名号的大树,手脚上留下了不少瘀青和割伤。他们常顺着大树的分布轨迹慢慢迁移,行至密林中人迹罕至的地带。他们发现了几个岩洞,用树枝和破布,搭建秘密基地。他们是新大陆的发现者,是地球上出现的第一批人类。在城市中,喧嚣无处不在,但他却什么都听不到。雾岛则截然相反,正因为寂静,那些细小的呢喃被放大了好几倍,终于被听见。

这里的生态环境和城市全然不同,植被丰富,常有貉子、赤腹松鼠等小型野生动物出没,虫子长得很大,黎是维曾见过半个手掌大小的白额高脚蛛和金环胡蜂。他在花草木叶中发现透明蒲扇般的绿褐蛉，外星生物似的刺蛾幼虫，这里还栖息着一种虎头蜂，它们斑纹美丽，体态健美，就像显微镜下的老虎。不过生性却极其凶残，有个远亲的小孩就因为不小心拍翻了虎头蜂的巢穴而被蜇死。听说虎头蜂喜欢在其他昆虫的体内产卵。卵孵化成幼虫后就慢慢把宿主吃空。如果看到菜叶上缓行着肉肠大小的毛毛虫，大抵是被虎头蜂寄生了。

一次苏夜爬山回来，给他带回一只身上长满了寄生茧的鳞翅目幼虫。"我原来是不碰这些的，要不是你喜欢……"苏夜摊开一片卵形的桑枣叶，受到惊扰的幼虫立刻蠕动起来。身上密密麻麻的寄生茧如鸵鸟蛋般丰润坚挺，像是载满了货物的商队正欲穿越沙漠。"恶心死了，快拿去吧。"

黎是维接过幼虫，如获至宝。他居然将它养在一只钻了孔的铁皮文具盒内，每日喂食新鲜叶菜，撰写观察日志。用铅笔在纸上试探性地描摹它们的变化形态，尽管画得不够好，但他已经在绘画中得到了另一种乐趣，以后他会知道，相较制作标本，这种乐趣更为可靠。

两天后，幼虫身体上两枚茧空了，寄生者不知所终，大概是从文具盒的缝隙中跻身而出。幼虫早已被吸食得中空，如同行尸走肉，但如果受到惊扰，依然会驮着茧到处避难。某天，黎是维亲眼见证寄生蜂用上颚切开茧顶破茧而出，原来是一种长得像巫师面具一般的茧蜂。茧彻底出空以后，幼虫才站定不动死去，仿佛被规定了时限。

黎是维突然对这次观察活动失去所有兴趣，随手扔掉了死去的幼虫，观察日记也撂下没有收尾。吃过晚饭，他想起要为竹象找一节老竹节，便向竹林走去。正巧遇见苏夜正在林子的一片空地上挖土。"你在干什么？"黎是维问。

苏夜惊了一跳，抬头一看是他，便又沉静下来，用刨土的木片指着脚边说："它死了，挖一个坟墓，把它埋起来。"苏夜的脚边躺着一只僵硬的麻雀。

"不是什么稀奇的鸟。"黎是维说。

"它刚刚从很高的地方掉下来，正好落在我跟前，这还不稀奇？"苏夜说。

她继续用木片刨土，因为力气小，使力不到位，因此效率低下。黎是维从地上也捡了个木片，和她一起刨起来。土壤中多是杂质和碎石，所以墓穴挖得并不深，不过放置一只娇弱的麻雀还绰绰有余。黎是维惊叹原来一个逝去的生命竟可以这么小，小到如此不占地方。小小的墓穴挖好，苏夜试图捧起鸟的尸体，但她的手又很快缩了回去。

"怎么了？"

"其实我有点怕鸟。但如果不埋起来，它很快就会被别的动物吃掉的。"

"哦，想起来了，你被大野鹅揍过。理解理解。"

"大野鹅？你怎么知道这事？"

"你的事，我知道得可多了。"说着黎是维已经捧起鸟的尸体，轻柔地放进两人挖的小土坑里。在接触尸体的那一刻，他也忍不住颤抖几下，没想到尸体还温热着。他感受到一种毛骨悚然的诗意，较昆虫而言，鸟的死亡确实更接近人类。"你看它，眼睛闭着，像一个玩具，不像真的鸟。"他说。

"要是我们埋了它，它又忽然活过来怎么办？"苏夜说道。

"它死了，什么都感觉不到。以后发生的所有事情都和它没有关系，连是谁把它埋掉的都不知道。哪怕被别的动物吃掉，它也不会挣扎，不会逃跑了。"

当黎是维准备落土前，苏夜忽然喝住他："等一下。"她起身朝一处篱笆走去，摘下一片鲜亮完整的南瓜叶，又随手摘了几朵黑矢车菊，折回后她将叶子和花朵覆盖在鸟尸上，然后说，现在可以了。他们将坟墓填平、压紧，最后摆上一圈五颜六色的雨花石。没有悼词，麻雀在绝对的沉默中被埋葬。那一刻他们也许相信麻雀并没有死去，而是要在地下开始全新的生活，甚至希望自己有一天也能被这样埋葬。几天后，黎是维又不知不觉走到竹林，发现埋葬麻雀的小土堆上插着一根干净的雪糕木棒，手电筒一照，上面用蓝色原子笔歪歪扭扭地写着：小麻雀之墓。

又一日入夜，来了很多夜聊的人。兰婆和苏夜祖孙俩是手挽手来的，脚边还跟着小福。豚豚知道苏夜来了，也从书桌前挪到了院子里，难得加入了夜聊的人群。风不断从林子里吹来，苏夜雏鸟般蜷缩在靠背小椅子上，脚趾随风的律动伸张着，兰婆怕她着凉，就把自己的针织衫挂在她背上。这件针织衫是苏夜的母亲用细钢针勾织出来的，花纹松散而精致，由数百个雪花般的六边形图案组成。仔细看，不难发现雪花之中还包含着更小的雪花。针织衫不常洗涤，散发着麻将桌和硫黄皂的混合气味，苏夜喜欢兰婆的味道。小福乖乖地趴在阴凉的地面上，有人来了就抬头望一眼，看是熟人又安心地趴下休息。

"这狗真好，一看就是只好狗。"阿莲拿了根巨大的牛腿骨，伸到小福面前：给它磨磨牙，炖汤剩下的。阿莲虽然不曾有资格饲养过什么动物，但对这些生灵有种天然的爱怜。看到这根金光灿灿的大骨，受宠若惊的小福起身摇了摇尾巴，却不敢靠近，哪怕只是闻一闻。它的耳朵贴着头顶，眼睛低垂地望着主人，仿佛在说，不是我要吃，是他们太客气。兰婆挥了挥手，笑意绵绵地对小福说："那你就吃吧。"小福听了主人的话，这才不紧不慢地俯下身，嗅了嗅骨头的香气，然后满意地叼着它到暗处，在远离人群的地方吃起来，几乎没有发出声响。

"上次没怪它吧？其实我大侄子没受什么伤，只不过小孩子之间打闹。我们都知道小福的，从来不咬人。你掰开它的嘴，它也咬下不去。"

"这事不提了，反正小福也不会再到他们那里去。"

"有时候会咬一咬人，还是必要的。"苏夜忽然说道，"小福不是不会咬人，它会咬坏人的，坏人的气味它隔老远就闻出来了。"

"小福很老了吧，我记得雅雅年轻的时候它就在了，多少岁了呀？"美珍又说。

"也没替它数过日子，巴掌大的时候就到我们家了。"兰婆说。

"那可比你辈分还高。"美珍朝苏夜说了句。大家都笑了。苏夜朝豚豚吐了吐舌头，又做了个鬼脸说："辈分高，难不成叫它叔叔？""小福就是个叔叔的样子。"豚豚说。

阿莲总是很忙，她为夜聊的人开了三个西瓜，又扫了两次地上的瓜子。这会儿芋芳刮完了，毛豆剥完了，她终于也洗了手，开始听大家聊一些稀松平常的事。大家从吃食、天气，聊到情情爱爱，最后话题终又落到生死之上。谁家男人出海死了，谁的脑子里又新生一个乒乓球大小的瘤，谁又在病床上苟活着，被不断溃烂扩散的褥疮折磨着。

苏夜难得安静了很久，和豚豚举着一只捕蝴蝶的网在天上划来划去，玩捕捞流云和月亮的游戏。这时却冷不丁冒出一句惊人的话。"又来了,又来了,你们就知道说这个,不许小孩子说,自己却喜欢说。"时空停滞两秒钟后,地球又嗡嗡自转起来。这个世界不关心孩子的想法,后来他们才知道,大人们之所以爱说别人的事情,是因为他们不敢正视自己的生活。吃完西瓜,空气里弥漫着瓜皮沁凉的芳香。

酒儿的到来引起了大家的注意。人们交头接耳,交换眼色。终于有人起了头,开始逗她:"你来这里做什么?"说话的是住在附近的老周,她本来在镇子上的棉纺厂上班,如今棉纺厂倒了,也不思量做些别的营生,和丈夫在家吃低保。"来看看。"酒儿有些腼腆地说。她才十六岁,笑起来有两个很深的酒窝,像弦月时晨昏线上若隐若现的陨击坑,看起来和平常的女孩没什么不同,甚至更伶俐秀气些。

"这里都是老头老太,没有男人家。"老周说。

大家笑作一团。酒儿不生气,也可能根本没听见。她冷不丁走近黎是维,认真看了他一眼,问道:"你是谁呀?"黎是维一时被问住,竟不知如何回答。这时月光起来了,酒儿的脸变得更为明晰,照亮她的年轻与忧郁。

"你又是谁啊?"酒儿凑近看着苏夜说,"哦,是兰婆家的小夜啊。"

"你来玩吗?"苏夜问。

"不玩,就是来看看。"酒儿清亮的眼睛又看了一眼黎是维,"这个小孩是谁,长得真好看。"

"他是美珍阿姨的侄子,豚豚,是从上海来的。"

"哦,上海啊,上海我也想去。"当黎是维终于想起自己是谁时,酒儿已微笑着转身投入黑暗,她好像在和谁说话,和什么大家都看不见的人聊天。苏夜告诉他,论酒儿的年纪早该去市里上学,但她只读到初中就辍学了。天气凉了,她还穿着一件稀稀落落的浅色短衫。不过下身穿着的藏青色百褶裙看上去品质尚可,那是兰婆送给她的,半天便做好了。兰婆可怜酒儿没衣服穿,就热心为她做了条裙子。虽然没有仔细量过身段,倒也合适。出于感激,酒儿的奶奶非要送兰婆一只大胖鹅。大胖鹅很凶,不喜欢被关在鹅舍里。兰婆喜欢它的自由习性,遂散养着让它满林子跑。日子久了,相互之间有了些了解,不忍心杀它,每天好吃好喝相待。它也有灵性,和小福投缘,相处得好,到了夜晚还一起睡。时间久了,还学小福看家护院,并肩作战。老远看到有陌生人提着篮子路过,就开始报警了。这边儿的貂子一家总来偷它的蛋,它从不胆怯,伸着脖子就往前冲。一次把大貂子惹急了,把它咬成了重伤。鹅虽然要死了,却还是记着仇。又见到貂子时,奄奄一息的它仍奋力抬起翅膀嗷嗷骂了两声,就这样挺了几天才死去。兰婆把它埋在很远的山冈上,还在那里扔了几把桃子核,如今种子已经发芽长成了青葱摇曳的小树苗。

"她奶奶给她吃了一种新药,一直要睡觉。这大概是今年最后一次看到她,入秋以后她就要走了。"兰婆说。

"去哪里呢?"不知为何,黎是维对这个陌生的女孩充满好奇。

"在外面找个相好的呗,她不在这里过冬的,傻子都不要在这里过冬的。不过春天了就要回来了,时间一长就知道她不正常。"老周道。

"那倒是和候鸟差不多。"美珍打趣道。

兰婆又说,酒儿的父母都是渔民,从前一家都住在居家船上。她在船上出生,在船上长大,并不习惯陆地的生活。后来政府为了保护渔业资源,渐渐不让捕鱼了。酒儿的父亲从未做过别的营生,迫于生计还是偷偷出去捕鱼。他听说有人在雾岛海域捕到了黄唇鱼,卖了一百多万。从此他一心只想捕黄唇鱼。如果捕到黄唇鱼,他就可以在市里买房子,把妻女接到陆地上开始新生活。酒儿的父亲因为偷捕被海警抓了好几次,罚了不少钱。一夜浪大,酒儿的父亲出去捕鱼后,再也没有回来。好多年过去,连尸体也不见。酒儿的母亲跟了别人,住到外省去了。酒儿方才上中学,和爷爷奶奶留在岛上。

人群中又有人说,酒儿上中学时交了男朋友,有过小孩,生下来后送给亲戚养了。后来又怀过两次,都给打掉了。酒儿的奶奶领着她去做了结扎,从那以后脑筋就有点不正常。

约莫八点钟人群才渐渐散去，美珍和兰婆的麻将局终于组织起来，阿莲刚把大方桌收拾好，黎是维和苏夜就仰天一躺，把桌子霸占了去。桌子刚用湿布擦过，水气未消。凉飕飕的晚风一吹，背脊上暑气全散。此时银河已从两片船形香蕉叶间缓慢升起，像一股弥漫在星子周围的薄雾。他们只望着天上，密密麻麻的星点一团团一簇簇，看得人发昏，天旋地转起来，仿佛一侧身就要从万丈星空跌落下去。树角与黑夜围拢一隅，盛起一碗发亮的黑海，点缀着渔灯和星火。除却这些，世界仅剩星尘和彼此。他们以为自己置身太空，星子咫尺之遥，于是忍不住伸手去捞，就像在冰冷、透明的海水中捕捞反光的珍珠。当然一无所获，他们又为方才的行为感到羞怯，忍不住憨笑起来。星空把他们从封闭的、以自我为中心的小世界中悄悄带离。他们互相凝视，失了语言，不知不觉把手紧紧握到一起。他们内心开始对一件事深信不疑：除了眼前的世界，一定也有别的世界存在——不是一颗行星或者一个恒星系统那样的世界，而是另一个可以容纳无数薄雾般银河的世界。

这时安彼伸了个懒腰，从屋里出来了。看到哥哥和苏夜亲昵地躺在大方桌上，便小跑着过来说，我也来。黎是维和苏夜默契地向两边挪动，从中间让开一个身位。三人仰天躺着。苏夜忽然说，我们玩一个游戏，先把手拉起来。孩子们把手拉起来，而后苏夜又说，闭上眼睛，睡吧。睡着了，我们的梦就会连到一起。黎是维和安彼不由自主地闭上了眼睛，像傀儡一样任人摆布的体验，让他们感觉到新奇和刺激。

良久，码头附近传来一声巨大的轮船汽笛声，末班船靠岸了。又过了一会儿，他们听见安彼微弱地说："所有的东西，不是球，就是轮胎。"苏夜转看向安彼，发现她的眼睛紧闭着，好像睡着了。"你说什么呢？"苏夜问。安彼并不回答，仍旧重复，所有的东西，不是球，就是轮胎。说完嘿嘿呵呵笑了几声。黎是维坐起，悄声对苏夜说："没事，说梦话呢，她从小这样。"他凑近安彼的脸，假扮严肃说："刚才你说所有的东西不是球，就是轮胎。那这张大方桌呢？"安彼身子未动，眼也闭着，但似乎听到了哥哥的话，懒懒地说："什么大方桌？""你忘啦，我们正躺在大方桌上睡觉呢。"黎是维说。"哦，是在上面睡觉呢。我睡在一个球上，大方桌是球。"安彼说。"那我呢，是轮胎还是球？"黎是维又问。"你么，也是个球。"安彼说。"可我身上有洞。"黎是维说。"对哦，还有两个呢，一个上面，一个下面。那你就是轮胎。"安彼认真道。

忽然一颗明亮的火流星撞入了大气层，好像放了把火，镇子在短暂的燃烧中耀如白昼，紧接着一声巨响，他们听到爆炸和碎裂，直到这时安彼才苏醒过来。后来他们听说，其中一颗陨石落在渡口，击穿一艘居家船的篷顶，砸中一只收音机后又在船舱内反弹，击中了一个少年的小腿，留下一块来自异星的瘀伤。

5　龙卷风

美珍住山上，美华住山下。其实那山并不能称为山，只不过是一堆凸起的小坡，上上下下走几步就到了。雾岛上到处是这些隆起的波浪状小丘陵，并没有任何雄壮的石灰岩山脉。两家人经常走动，那时即便每日都是庸常，也是欢乐的。

一天夜里美珍接到朋友电话，对方告知她，美华的丈夫在游戏厅里耍老虎机欠了巨款，美华正四处借钱。那位朋友正是姐夫的同事，消息牢靠。美珍没有向美华确认，而是打电话跟哥哥商议。没想到哥哥早已知晓，并已转了三万到美华账上。哥哥电话里说：这是最后一次，再多也是没有了。后面我要和祝小岑办离婚，还要花一笔钱。我知道你怕她借钱，这次说什么也要屏牢。你一个人经营海鲜楼，又要养一个小孩，她也不好意思。美珍听了哥哥的话，才稍微放心。

第二日休息，本打算一天在家算账，没想到美华抱着一篮刚摘的玉米上门。那天她好像刻意穿得落魄，趿拉板里布满死皮的脚趾鹰爪般蜷缩起来。美珍猜想她是来借钱的，果然进屋后，美华把怀中的玉米往桌上一摆便忘了它们的存在，开口就是哭惨。

"这不是第一次了，以前喝酒开车出过事故，所幸没出人命，赔钱了事。但是公交公司已经对他有意见了。没想到这次又出事，寻到机会就要开掉他。"

"怎么就突然传到单位里啦？"

"还不是借钞票搞出来的，一开始还不朝我说。这几天兜不住了才讲出来。我气啊，这几天胆结石犯了，晚上在地上打滚。医院也不敢去，怕是叫我开刀。你说我怎么好开刀啦，家里没人帮衬的呀。"

"自己身体要当心，你现在怎么也要扛起来的。"

"我是想……你姐夫在落部还有间祖屋轮到拆迁，先借笔款子。到了动迁款下来就还你。"

美珍沉默了一会儿，问："那么，要多少啦？"

"五万。"

玉米穗像波光里游动的鲇鱼须，散发出盛夏独有的快乐气息。

美珍起身进里屋，取出一叠钞票放于桌上："阿姐，姐夫这人我不是不知道，浪头大得很。他用钞票的地方很多，拆迁款就这么点，你真的确定能装到自己口袋？我们俩自己人，你不用说我也知道，我这儿只不过一站，接下去你还有几站要跑。每次出事你都要帮他兜底，到底什么时候是个头？明年我侄子终于要升学了，是好事。以后你也有个盼头。我拿一万，就算是升学礼，你也不用还了。"

美华全然没有领会美珍的意思，只晓得本来五万只得一万，揣着钱一脸气鼓鼓地往家里赶，也推搡着不要美珍送她。美珍眼泪汩汩地回到屋里对阿莲说："这玉米我是吃不进的，比叫我吃药还难过。"

一日，云层复杂丰厚，层层叠叠，各不相同。离地面最近那一层是灰黑色，像傍晚行踪飘忽的炊烟。而上一层的乌云泛着青色，遍布裂口。而更上层肥厚的奶油色云朵汇集处，留出一小块矩形碧空，似乎另一个人间。午后，密不透风的乌云完全遮蔽天空，闷得让人窒息。

黎是维猜想，苏夜是不会来了。过了一会儿，他忽然听到窗外有声响，便连忙跑到窗口，果然苏夜正骑坐在不远处一株泡桐树上。她穿着一条打褶的枣红色背心连衣裙，露出一双发光的长腿，弦月般垂落，隐匿于繁密的枝叶中。她正把头埋在一朵枝叶间，好像被什么新奇的发现绊住了。黎是维默默注视着苏夜不出声，想冷不丁吓她一吓，但突如其来的一阵腥臭味熏得他两眼发昏，他对气味很敏感，美珍说他的鼻子跟狗一样灵。他四处寻找气味的源头，忽见树下有人影晃动，这个钟点，美珍去海鲜楼了，阿莲也在镇子上买菜，院子里不该有人。他担心有贼闯入，于是回屋拿了只双筒望远镜对着树下聚焦，只见表哥站在那里，裤子褪到脚边，正对着苏夜的方向自慰，空出来的手里正捏着一只熟烂的果子，果肉和果汁不断分离、掉落。

黎是维愣了好一会儿，直到苏夜也朝他的方向看来。他打开窗户，挥手招呼她进来。这时，他注意到树下的人提上了裤子，噌噌跑出了视野。他愈发紧张，心怦怦直跳，连忙对刚进屋子的苏夜说："你刚才看见森了吗？"

"没看见啊，他在这儿吗？"

黎是维把声音压得很低地说："我刚才看到他在树下一直盯着你。"

"盯着我干吗？"苏夜问。

黎是维朝苏夜比了个"嘘"的手势，然后说道："还记得以前你说过和他玩捉迷藏的事吗？"

"忘不掉的。"苏夜见势也压低了声音说。

"我们今天还要玩这个游戏。等一下他来了，千万别发出声音。"

"为什么呀？"

"反正怎么样都不能出声。"

黎是维认真又惊恐的样子吓到了苏夜，她不敢出声，只用气声说:"可他肯定知道我们在这里啊。"

黎是维也用口型说:"就是要他知道我们在里面,相信我这个游戏就是这么玩的。"说完,他赶紧把窗户大门都锁紧,然后打开电视,开到静音。一种被夸大的恐怖氛围蔓延开来,两人既害怕又兴奋,就像在噩梦中拼命奔逃的人。他们在屋子里看了一下午无声节目,其间门被敲响数次,一次比一次急迫,一次比一次激烈,但门外始终没有人说话。兴奋的感觉慢慢消失,取而代之的是一种真正的恐怖。风裹挟着暴戾的气息,从四面八方吹来。那天下午,果真下了暴雨。一股小型龙卷风袭击了沿岸,掀开了两座房屋的房顶,好几棵大树被拦腰吹断。暴风雨过后,一片狼藉,像是被发了疯的巨人摧残过一般。

阿莲被恶劣的天气绊住脚步,比平时晚回一个钟头。直到她在院子里洗菜切骨,两个孩子才开了门。淼已不知所终,房门外只留下一处痰渍,一个小孩的痰竟这么浓。晚上,黎是维和安彼一起在写字桌上写作业。大人们都已经注意到安彼的反常,她的作业本上经常空无一物。她的手边放着一本速写本,不做题的时候,她就在速写本上画画,画一些怪诞又瑰丽的图形,一页连着一页。问她画的是什么,也不声响,只是重复画着,直到把速写本都画满了。纸张上盘踞着无数图形,化成混沌的一片铅色。因铅笔造成的小小变形，纸张形成一定的厚度，合上的时候，速写本便被赋予了新的形状，像一只饱食图形的小兽，腹部微微隆起。

黎是维看着安彼手边的速写本，下午那恶心的一幕又浮上心头。他的胸口一阵紧绷，忽然想起一些模棱两可的画面。"最近你怎么不和我说话了？"他问。

安彼抬起头，月光晒进来，在她眼眸里闪过一丝刀子般的白光。她定定地看着他，手里的原子笔在洁白的练习簿上用力划着。

"怎么了？"黎是维把头凑近了问道。

"没怎么。"安彼咬着嘴唇，声音很细小，像是蚂蚁在说话，"我做不出题了。"

"怎么会做不出题呢？"

"就是什么都忘不掉，忘不掉。所有的事情都记得。一拿起笔，就不知道写什么。"

安彼的眼睛里注满泪水，摇摇欲坠，但始终没有落下。纸被划破了，只差一点点原子笔就要被折断。他没有勇气揭开所有的酒坛盖子，这是他在雾岛度过的最后一个假期，过完暑假，爸爸妈妈就要分开，他也没有机会到这里来了。出于种种原因，他再也没有提起过此事。夜里，他的脑子里闪过很多美好的往事。那时他们两家住得很近，小嬢嬢和小姑父家里不开伙，经常来他家吃饭。他太孤独了，一直期望小嬢嬢能尽快生个孩子，小姑父却是个坚定的"丁克"。没想到，不久以后他的愿望便成真了，小孃孃怀孕了，虽然夫妻俩曾为是否留下孩子争吵过，但直到现在他一直认为，安彼是在他的盼望中孕育降生的，她甚至也是自己的孩子。

6 洞

月朔时，戚冠英悄无声息地于梦中离世。冠英走的那天，被闲置在橱顶的自鸣钟竟又走了三分钟。父亲傍晚便乘船到了，母亲却没有来。

老人的葬礼和过节无异。冠英的葬礼办了三天，初日下雨，干脆在屋前空地搭了棚子，排场很大，亲眷、邻里来了百余人，丧乐队全天演奏，还吸引来几个嗅觉灵敏的小商贩来做生意。第二日气温飙升到三十八度，棉花糖一边制作一边融化，盐水棒冰、赤豆棒冰、绿豆棒冰被一箱箱扛到山上。还有借着散场前的灯火摆摊算命的，收入颇丰。第二天，美华请来一位民间歌手献唱，她穿素色旗袍，梳着新娘发髻，头上戴白花，一开口唢呐般的嗓音响遏行云，三米之内无法近身，否则耳膜震动，心眼绞痛。歌手唱罢三首便入席用餐，美珍不动声色给她塞了五十元，她筷子一摆又唱了《走吧》《送别》《让我再看你一眼》。

半夜里，黎是维恍然惊起，长嗟一声，摸着黑走到楼下，嘴里嘟嘟囔囔。守灵的阿莲和美珍撞见他，吓了一跳。两人悄声叫他，只见他满脑门汗珠，头顶冒着青烟，半眯着眼睛不应。又叫他，他眉心皱起，大步走到冠英棺木前娓娓悲楚道：英英，英英。呼声凄厉，含粗粝的烟水气，不像是孩童所能发出的声音。美珍和阿莲听得毛发直立，再不敢妄动，只好跟着他在棺木前踱来踱去。那步子也陌生，一会儿大一会儿小。美珍抖抖索索地在阿莲耳边道："中邪了吧？"声音小到几乎没有。阿莲脸色沉下来，她把黎是维的双手往怀里一攒，大叫他的小名："豚豚，回来，豚豚回来！"又大力朝他背脊一拍，他从嘴里吐了两声"英英"，然后浑身一抖，蜷在地上呜呜哭起来，好一会儿才止住，半眯着眼睛转身往阁楼上去。美珍与阿莲紧紧跟到他楼上，看他往席子上一趴，重又睡着才离开。第二天美珍只和叔公说了此事。叔公的背弯成一只老龙虾，眼明耳聪，万事了然。"喊的英英，不错？"叔公道。

"嗯，叫了几声，很明白。但那声调奇怪，不像小孩子发的声音。要不要……请人做个法事？"美珍小声道。

"那么地，咳咳咳……"叔公老痰嗓咳起来，"那么地……出殡，豚豚就不要去了。他体质敏感，在家里待着放心。你们烧好回来，接触他都要另外换衣。做法事，大可不必,都是自家人。"听罢美珍放下心来。

黎是维完全不记得梦游的事,大人们也没有说起。晚上父亲与他同睡,两人不曾同寝过,还有些不自在,分睡两头,辗转难眠。微暗的夜灯下,父亲说起一个话题:如果爸爸妈妈分开,你要跟谁?这个问题早已在黎是维心中排演多遍,他回答得不紧不慢:"你们商量吧,要我跟谁就跟谁。"父亲叹了口气,抚了抚他薄薄的背脊,便起身到阁楼外的阳台上抽烟。

葬礼结束后阿莲知趣地请辞回老家,说是有块田等着她种。那日阿莲说了很多话,仿佛要把过去的和未来的话都说完。美珍、安彼和豚豚都去码头送别,阿莲穿上了压箱底的缎子连衣裙,不像是去种田,倒像是去结婚。美珍想起她来做工的那天,穿的好像也是这一件。雨季结束了,菌子不再萌发。果实们在阳光的炙烤下逐渐褪青、发甜。黎是维意识到,这辈子再也不会见到阿莲了,他想扑到阿莲怀里哭一阵,终究没有这么做。

离开雾岛前一天晚上,黎是维将竹象赠予安彼,并问:"你刚才怎么没吃晚饭?"安彼精灵古怪地从床底拖出一只黑压压的书包,拍了拍说:"都整理好了,我跟你去上海,我们一起去吃香蕉船。"以前小姑父生意好时,小孃孃常带着两人去星级酒店吃香蕉船。黎是维这才意识到,那已经是很久以前的事了。"不知道小孃孃放不放人。"他说。"你去和她说说。"安彼说。

于是黎是维小心地问父亲可不可以带安彼一起去上海，以往这事都是默认的。但这次，父亲眉头紧锁着说："你怎么总是想着要玩。"换作平时，黎是维定不会坚持了，但这次不知怎么的，眼前总是浮现安彼失望的神情。父母感情出现裂痕以后他一直小心翼翼地生活，生怕出错，多少次压抑着内心任性但真挚的念头，定不能再这样下去，他鼓起勇气，近乎哀切地看向父亲说："求你，让她和我们一起去。"可父亲错把这种提心吊胆的勇气当成是无理取闹，抽手扇了他一记耳光，讲他实在不大懂事。黎是维的左脸留下一块肉粉色掌印，耳边嗡嗡的，周遭的声音都混到一处，难以辨别，像是有许多蝴蝶乱飞。当他的听力逐渐恢复时，蝴蝶倏地飞离，强忍的泪水也同时落下。

第二天一大早，父亲带着他悄悄坐上早班船，离开了雾岛。在船上，父亲解释了昨晚为何打他，无非是家务事繁多芜杂，小孩子不该在这时还要大人操心。黎是维点头表示理解，然后靠着舷窗玻璃睡着了，在海浪的浮沉中睡得很沉。回上海后黎仕忠接到美珍电话，她说安彼起床后哭闹不止。"安彼不太这样，你也晓得，她不欢喜哭的。"美珍的声音有些沙哑，带着怜悯的哭腔，"我是想叫他早点回去，收收心。马上开学了，两个小囡的心思就会扑到学习上去，什么都不想了。"

数月后，美珍打来电话，说有人来收老床，本来不想卖，但对方出价二十万，打算卖了。收拾时发现从未打开的床板下面压着一本名为《天文望远镜的原理与制作》的小书。小书仅一个手掌大小，豆色封面，土色内页，竖排繁体印刷，共127页，内含19张手绘插图，出版时间不详，但印数确切为103册。作者名叫华金·金斯堡，是一名业余天文爱好者，也是一位天文望远镜的设计师。据说他制作完成的天文望远镜高达五米，要攀梯子才能摸到目镜。书里详细记录了制作这种天文望远镜的过程，从材料到工艺，事无巨细。蹊跷的是书的编者即译者，署名：黎廷修。如此看来，这位翻译家明显与这个家族有着千丝万缕的联系，但却连叔公都不曾听说过此人。在一篇短短千字的序言中，他介绍了金斯堡生平：他是出生于中国的美国人，后来跟着父母移居美国旧金山，在当地一所寺庙出家，成为一名信奉罗摩克里希纳的吠檀多社僧人。金斯堡幼年时期就痴迷于天文，最喜欢的诗人是陶渊明和张若虚。黎廷修自称是金斯堡在中国时期的大学同学，两人曾经在化学课堂上一起用简陋的器材成功完成溴的B-Z振荡反应的实验，记录下粉色螺旋的混沌，结下深厚友谊。序言还称此书仅在中国出版，并绝无再版。也就是说，世界上最多仅有103人拥有这本《天文望远镜的原理与制作》。由此看来，小书并无稀奇，只不过一本无人问津的"过去之书"。最终老床被拆卖，而小书被保留下来存于柚木柜中。

安彼对如何制作一架天文望远镜兴趣寥寥，但在此书的序言中，却有一小小插叙，与雾岛原本的起源说有所出入：雾原是从一洞中而来。要找到此洞，绝非难事，此洞耸立于荒石山北侧山崖，雾散时，洞的外部结构一览无遗，形如手掌，指尖分明，掌中有一空洞，深不可测，可能通向岛屿之底，与海相连。向洞中放声，回音半日不散。雾便是从这洞中而来，源源不断，直到将整个岛屿裹挟成茧。

她曾专门打电话给表哥说起这本书："等你回来，我们一起去找这个洞，好吗？""为什么要找呢？"这个问题安彼回答不出来，对话也没有进行下去。

这是黎是维最后一次听到安彼的消息。1999年12月26日夜，离千禧年不到一周，电视里正播送中国首次举办女性内衣展览的新闻。美珍抬眼看了看挂钟，时间已过九点，她关掉了十八寸的彩色屏幕，准备解手睡觉。一出房间，她就发现安彼的房门虚掩着，透出灯光，她推门进去，床铺上却是空的。小床依然温热，被窝里冒出半截套着花布的暖水袋，被褥上留下一个小小的凹陷。

美珍最后见到安彼时已过了末班船的时间，因此警方断定孩子绝无可能出岛。晚上下了大雾，能见度很低，加大了搜寻的难度。头几日，警方几乎对整个岛屿进行地毯式搜查，毫无线索。很快整个岛屿都知道有个年仅九岁的女孩失踪了，数日后有岛民报警称在海滩上发现疑似孩童尸体，已高度腐化。但后被证实只是搁浅的糙齿海豚。她就这样凭空消失于世，仿佛被雾笼去，又随雾消散。

7 巨冰

安彼失踪那夜，穿着一套棉花糖般鼓鼓囊囊的睡衣与一双碎花棉拖鞋。自此以后，美珍每每见到碎花服装都要癫狂。她活得七零八落，再也不能管理海鲜楼的事务，就把店面盘给了别人。苟且生活了一年，极少理发，脸也不洗，有时候眼睛被蛋白丝和眼屎糊住，干了，就睁不开眼，索性不睁开，黑暗几日。一日三餐都是美华送来的，不送就不吃。黎仕忠看望她时，发现墙壁上、卫生间的木板门上多了几个无缘无故的洞，帮她补好，数月后返回，洞又复现。黎仕忠想接她到上海，她不肯，把他骂走，他就再也不去，但仍然不时往她账上打钱。她不太与人交往，也不打麻将，厅里大灯却不熄灭。只要人们见到她伏在大方桌上熬过的一夜又一夜，便相信她会一直等女儿归来，直到宇宙毁灭。后来，很多人都说看到了安彼。陌生的小镇里有她，丝带似的坡道上有她，新修的公路上有她，浑浊黏稠的小沟里也有她。美珍急急忙忙寻去，没一个是她。

次年，大孃孃一家把房子租出去后搬到一个内陆城市定居下来。美华做了月嫂，晚上照顾婴儿睡不好，掉了头发和牙齿。好在赚得动，也算风生水起。徐德宝在一家高档小区当保安，森在小区附近一所职校读书。有一件事不得不提，美华一家离开雾岛前，苏夜家的小福突然消失。租户搬进来两年后，才在阁楼里发现了疑似小福的尸骨。

黎仕忠的女友是一名摄影师，他与妻子离婚后，就与女友去了大理。黎是维从母亲那里见过摄影师的黑白照片，是一张半身裸照，她的手臂舒展着越过头顶，伸向照片的边缘，腋下稀疏的毛发如河中的水草。乳房也垂丧着，看起来是悲伤的。虽是黑白照片，却看得出眼瞳并不是黑色，而是介于黑、灰之间的色彩。这双眼睛直勾勾看着他，看穿了他的身体，射入一个广袤无垠的空间里去。父亲打电话来说，他在大理开了一家旧书店，取名"质雅书屋"。他写诗了，陆陆续续在期刊上发表了几首，杂志社每次寄来两本样刊，他都不忘寄一本给儿子。黎是维曾在父亲的书架上发现过里尔克、穆旦、张枣等人的踪迹，那些书页大多有折角和蓝色墨水的笔迹、划痕。那时他便知道，他所熟悉的父亲只不过是整体的一小部分，他还有一个不愿让他们母子发现的自己，甚至，这部分远大于裸露的部分。

两年后，母亲与一个姓魏的大学老师结婚。魏老师教物理，平日里与教案书本为伴，为人腼腆，极少说话。人情世故并不在行，也许在课堂上也不受欢迎。他对继子很宽容，就连平日的训导也带着客气，生怕说重一句，就令他们的"父子关系"万劫不复。在黎是维看来，魏老师大可不必这样别扭。他并不会因为继父温顺的秉性就对他多一分亲密。他们之间横亘着一条天然的河流，如果说是不断卷来的急流使他却步，毋宁说他从未想过要穿越河流。虽然家庭氛围较从前顺意不少，但那声"爸爸"总叫不出口。魏老师并不强求，母亲却颇在意，几次敦促他改口，他都搪塞过去。他叫他"阿叔"。一次晚饭，母亲问及他的中考志愿，他毫不犹豫地说出一所市重点的名字，魏老师听罢满意地点点头。但黎是维像是故意要打破这种美满似的，冷不丁说："我要住读。"母亲立刻放下了碗筷："学校离家不远，干吗住读？吃得又不好。""能专心点。"他故作轻松地说道。魏老师尴尬地觑一眼母亲，然后对黎是维说："你年纪还小，恐怕照顾不好自己。""你有什么担心？我走了，你和妈妈省心点，可以再养一个小孩。""你一个小孩操什么心。"母亲说。"阿叔是头婚，也该有一个自己的小孩。"黎是维说。魏老师低头扒几口饭，努力咽下去说："尊重他的选择吧，也大了。"祝小岑手中的碗分明好好端着，却一下子摔落在地上，跌成粉碎。在她的记忆中，儿子总是很有礼貌，很有分寸，几乎从没有失态过。而方才儿子的一番话让她彻底醒悟，儿子身上并没有装备过滤器，那些无法消化的不堪的渣滓终究还是被他吞咽下去。一股胀气忽然升到喉咙口，饭才吃到一半，她就躲到厕所里去，把还未消化的食物都吐了出来。

　　黎是维一直觉得，安彼的失踪导致了整个家族的分崩离析，后来他才明白这个过程只是被加速了而已。他常想起某个无聊的暑假，他去深圳找安彼玩。小姑父在那里开厂、置业，建立了新的家园，因此安彼一年中总有几个月在深圳度过。小姑父、小孃孃忙着厂里的事务，他们就由保姆带着去海边消夏。他们经常在游人如织的海滩上玩到天黑，踏浪、游泳、捡贝壳、堆沙堡，晒得全身蜕皮也不肯离去。一次安彼被小姑父带去亲戚家，他就一个人在沙滩上玩。实在无聊，他就用玩具铲子挖沙坑，不知挖了多久，终于挖出一个与人等大的深坑。他在沙坑上罩上席子，然后躲到大石头后面，等待有人睡上去，掉进陷阱中。但人们最多觑一眼，就走开了。直到日落都没有人中招，这凭空出现的席子真的那么可疑吗？夜幕降临，人群散去。海边变得空空荡荡，城市亮起了灯光，星星在灯光的映衬下暗淡无光。他从大石头后面现身，缓缓走到席子边，毫不犹豫地躺了下去。那一刻，他笑了，原来这个沙坑竟是为自己挖的，他想嘲笑的也不过是自己而已。在这个沙坑里，他第一次感受到了死，但他没有急于挣脱这种绝望，他没有立刻爬出沙坑，而是努力地在灰蒙蒙的天空中辨认星辰，任由身体越陷越深，坠入不可望的深渊中去。

有时他会做这样一个梦：安彼回来了，还是九岁的模样。

黎是维把荒石山的传说告诉了大人们，他隐隐觉得安彼一定是去找那个放出雾的洞了。但大人们并未听说过这件事，也没有见到过安彼说的那本小书。"一定是她带去了呀。"但他们怎么会相信呢，雾岛并没有什么荒石山，更没有什么雾洞。但是苏夜却相信这个传说，她相信安彼一定还在什么地方继续生活着。有时她会出现错觉，感觉安彼就在她的身边，或许只是在玩捉迷藏。她神经质地趴在地板上，搜寻床底；爬到小矮凳上，瞭望橱柜的顶部；扒开所有橱柜，从布满樟脑丸的衣堆里一层一层翻找。她重复着过去的游戏，但这一次安彼躲得实在是太深了，可能真的找不到了。

每个寒假，黎是维都会回到雾岛与苏夜密会，去找荒石山，去找那个洞。只要小孩子真心想瞒住什么事，就一定瞒得住，郊游、冬令营、兴趣班，每次母亲都深信不疑，还乖乖交出可观的零花钱。到达雾岛时，天色常已全黑，只有岸的电光浮动。他并不回老宅，只远远看着，见到美珍形容枯槁的身形在光影中游动便会离开，不忍心再近一步。最近她倒是好些了，宅前空地里稀稀落落种了些蔬菜，后山的果园里也割了荒草。虽然光景不再，倒也没有想象中破落，人总会挣扎，总不甘堕落。

为了不让大人们发现，黎是维和苏夜每次都坐末班车绕着岛屿环游，也不下车，只在车上的尾排坐着，眼巴巴望向车窗外，在绵延不绝的黑暗里，盼望那个熟悉的身影菌子般乍现。但这一期盼终究还是如幽幽火星逐渐熄灭，不知道哪一时刻起，他们都隐约觉得安彼不会回来了。

2002年冬天，大雾，船班误了半天，到达雾岛时已近深夜。黎是维在一矮小单薄的电话亭中瑟瑟发抖，好不容易掏出冰一样的硬币，咕咚落进窄口，拨通了苏夜家的电话，"嘟嘟"响了两声便挂断了，这是他们的暗号。苏夜穿上了最厚的衣服，还在开水里烫了两包朱古力牛奶，捂在绒线手套里摸黑出门，在熟悉的已经缩小的屋前小径见到了他。一盏孤独的路灯把他照亮，一看就是从温暖的城市来的，只穿着一件单薄的羊角扣大衣。脸是雪白粉嫩的，甚至带着病容，一副伤心样子。

才一年不见他们的个子都拔高了许多，高得像陌生人，一时不知互相说些什么。苏夜磨蹭一会儿才把朱古力牛奶拎出来给他，两人相视憨笑一番，都脸红了。他们步行到枢纽站，正好赶上了末班车。尽管车上没什么乘客，他们还是坐最后一排，司机的驾驶技术生猛，他们像空箱里的两个玩偶，被颠得摇晃起来，一个紧急转弯，苏夜被弹出去摔到地上，她掸了掸奶黄色灯芯绒裤子上的黑色印记，又拍了拍手，很快爬了起来，无事发生一样。

车到达落部，他们心照不宣地下了车，举着手电步行二十分钟到达海滩附近。正值隆冬，落部的荒海自然没有什么人，只见一睡在堤岸下的流浪汉，眼底放着寒光。他们沿着围海大堤一路滑行而下，星空凛冽、草木凋敝，谜样沉静。黎是维忽然想起火流星在头顶爆炸的那一夜，巨响颤动山林，而一个孩子消失了，天空却保持沉默，从未对此做出解释。

越来越冷，他们便向灯塔走去。老灯塔像一把坏掉的手电筒，艰难地矗立在悬崖边。灯塔入口处两棵高约三层楼的水杉荫庇着，手电一照，木门上面缠着一些藤蔓植物。黎是维撩开藤蔓，一只蝶螈干尸从藤蔓间掉落，它的眼睛安然闭着,也许是藤蔓遮蔽性太好,竟还没有被食腐者发现。木门并未上锁,吱嘎一声,向外打开。

他用微弱的灯光照射灯塔的底层,空间逼仄,旋转楼梯仅容得下一人通过,他摸着墙壁上行。墙壁凹凸不平,他们并不知道这些龋齿蛀洞般的小洞是战时留下的弹痕。他们顺着旋转楼梯来到观景台远眺海面,雾气弥漫,远处的礁石一边升起,一边消失。海面一阵咕咕沸腾,似有野牛的叫声。他们害怕极了,飞也似的逃离。到了站头,苏夜忽然尿急,周围漆黑一片,厕所毫无影踪,她又不敢独自解手,只好寻一处偏僻草丛解决,并派黎是维在近处站岗。

"你唱歌吧。"

"为什么唱歌?"

"唱歌我就不难为情了。"

"哦,是这样。但唱什么呢,我不太会唱歌。"

"《送别》会吗?"

"《送别》? 没听过。"

"我哼,你肯定听过。长亭外,古道边,芳草碧连天,晚风拂柳笛声残,夕阳山外山,天之涯……"

"天之涯,海之角,知交半零落,一壶浊酒尽余欢,今宵别梦寒。"

黎是维知道这歌,但从未哼唱过。听苏夜唱着,他竟也跟着唱出来了,唱得如此准确,连他自己也惊异,方知有些东西良久存在于心中,平时未必有感知。

不知等了多久,终于搭上早班车。车上除了他们,还有几个散发腥味的工人,海鲜市场永远是最早苏醒的。他们依然坐尾排,车窗翕开一条缝隙,不断灌入冷风。苏夜乌色的头发被风吹起,盖住她幽蓝的脸蛋,她美得像一块冰。她长大了,长得和安彼越来越不像了。她还在不断成长,终将变成另一个人。安彼也长大了么?或许没有。倘若再也没有安彼的下落,她就是既死又活的,她的年岁和童真也滞留下来。

黎是维探身靠近窗口,想把窗户关牢,忽然瞥见车轮滚动的公路上飘起一层鬼魅的浮雾。

"快来看。"他对苏夜说。车外的浮雾顿时浓了,越聚越拢,逐渐攀上了车身。他们感觉公交车正凌空而起,驶于云端。这时公交车忽然在一处路牌前停下。"奇怪,怎么在这里停了?"苏夜疑惑。"大概是新设立的站头吧。"黎是维说。他们将头伸出窗外,反光的路牌因对面射来的远光灯而异常耀眼,什么都看不清。当远光灯过去时,公交车已经开动了,路牌迅速在眼前划过,依然看不清。这时他们才注意到,方才三个背着乐器的男人上了车,那些乐器分别是小号、长号和唢呐。他们的脸红扑扑的,散发着醉酒的热气和臭气。奇怪的是,天这么冷,三人竟都着短衫,脚上还蹬着趿拉板儿,似乎与周遭的季节隔离开了。

"哪里来的人啊？"苏夜贴着黎是维轻声说。黎是维摇摇头。车才开了十分钟又停了下来，三个乐手依次下车，向着黎明的背面摇摇晃晃地走去。黎是维扒在后车窗上，看乐手离去的背影，他突然想起太奶奶的葬礼结束后，丧乐队的乐手们自己搞来一箱啤酒，喝醉了倒在棚下大睡，直至半夜才离去。没有人怪他们，吃喜酒吃豆腐宴，对他们来说都是一样的。黎是维突然产生一个奇怪的念头：这三人莫不是刚从太奶奶的葬礼上回来？时间仿佛从未流动过。下了车，苏夜送他去码头，行至一深巷，身后忽然传来滑板车滚轮的迫切巨响，原来是有人推着一块巨大的冰往海鲜市场去，道路狭窄，他们不得不分立两边让其通过。巨冰在暮色中如远古谜团，笼罩住孩子们的形象，将他们相隔。她并不打算再往前走了。

第 二 部

幽灵的凉夜

1　洪水

下午就要放暑假了，班级里的同学直到八点以后才陆续到齐。平日一向准时的班主任也意外迟到，直到上课铃响都没现身。没想到班主任不在，同学们并没有受影响，各自默默温书。大家不再像刚入学那会儿，老师不在就变身动物园里上蹿下跳的灵长类，学期结束，大家都成熟、稳重了。虽然也有同学不时说笑，但都压低着声音，就像退潮时滩涂上窸窸窣窣爬行的底栖生物。

这次大考，苏夜又把数学考砸了。没有任何一门学科像数学那样让她饱受折磨，她不想承认试卷过半以后，她甚至连题目都看不懂了。如果说她在理化方面天生存有缺陷，毋宁说她还没有建立攻克数学的决心。她对数学提不起兴趣，上课时一个字也听不进去。她时常困惑，为何一个作家需要分析几何题？一日找不到答案，她就一日无法端正态度学习一门毫无兴趣的学科。

她无聊地翻起语文书，翻到《饥饿艺术家》那一页，又逐字逐句地细读起来。《饥饿艺术家》本是倒数第二篇课文，却因为打了﹡号而被列为选读，不作为考点（与契诃夫《装在套子里的人》命运相同），于是就被讲实惠的语文老师整篇跳过。但是这篇文章的作者可是大名鼎鼎的卡夫卡，怎么能说跳过就跳过呢？苏夜虔诚地读完了这篇小说，虽然它不像《变形记》那样有名，也不如《煤桶骑士》短小好读，但她却被深深打动了，读到饥饿艺术家临终的话语时已泪光闪闪。

"'因为我找不到适合自己口胃的食物。假如我找到这样的食物，请相信，我不会这样惊动视听，并像你和大家一样，吃得饱饱的。'这是他最后的几句话，但在他那瞳孔已经扩散的眼睛里，流露着虽然不再是骄傲，却仍然是坚定的信念：他要继续饿下去。"

然而每次她和同学提起《饥饿艺术家》，他们都像刚从海里爬上陆地那样一脸茫然。"你知道《饥饿艺术家》吗？""是什么？""就是倒数第二篇课文啊。""哦，就是那篇不列入考点的……"她逐渐相信，不被理解的饥饿艺术家正是自己的化身。

夜晚时泡桐花已经掉完，地上只剩一些被踩得透烂的花尸。正值雨季，难得不下雨，但空气中仍有潮湿的萌动。苏夜沿着坡道漫无目的地行走，耳朵上罩着一副白色 Sony 耳机听歌，那会儿她十分迷恋山羊皮乐队，歌单里循环播送 *Everything will flow*、*Lost in TV*、*Saturday Night*，她时常把自我代入这些忧郁孤独的旋律中去，不可自拔。不知不觉走到了灯火通明的大街上，忽然被街边的长椅上躺着睡觉的流浪汉吓了一跳。她匆匆折返，又被顾梨的短信攥住脚步：你能出来一会儿吗？

苏夜马上回复：我就在外面。2006年，苏夜上高一，那会儿大部分同学都有手机了，但智能手机还不普及。手机只能发短信，拍模糊的照片。因为屏幕小而暗淡，只要信息一来手机就被打亮，非常瞩目。放暑假了，顾梨也即将暂别小岛，回到上海长宁区狭小的公寓里。几分之差，顾梨没考上高中，长宁区重点中学的借读名额紧俏，家人只好托熟人关系将她安排到岛上借读，正好与苏夜同班。来上学前，她对雾岛一无所知，来雾岛读书对她来说简直比中考落榜还可怕。虽然父亲在这儿帮她借了房子，还请了长假在岛上陪读，但她还是有种被全世界抛弃的感觉，只要一想到她即将被流放到那个只能坐船才能到达的乡下地方，就忍不住想要大哭一场。到了麻埠中学后不久，学校举办校园歌手大赛，作为转校生的顾梨勇敢报名，成为高一（2）班唯一的参赛者，全班同学悉数到场，充当后援团。

顾梨穿一袭黑色连帽运动衫，黑色紧身牛仔裤，黑色NIKE情人节限定款球鞋，衬得一张小小的窄脸更加雪白。她以一首《黑色幽默》登场，虽然音色一般，但表现力尚可，当唱到"说散你想很久了吧"时开始破音，直至"败给你的黑色幽默"已泣不成声，掩面哭泣半分钟后，她抹了眼泪，收住哭腔，佯装潇洒地对着话筒说："谨以此曲纪念我死去的青春，和五十四中。"而后深鞠一躬，离开舞台。这一独特的亮相立刻使顾梨成了校园的话题人物，也让苏夜对她有了印象。后来两人交好，提及此段往事，仍然觉得很有趣。

"不就是转学吗，搞得跟追悼会似的。那时候我觉得你很做作，很 drama 的。"

"我就是开追悼会的心情呀。有个五十四中的同学对我说，你惨了，我去嵊泗旅游的时候去过那个岛，晚上机关枪都扫不死人的你知道吗！我吓死了呀，要是来月经了怎么办，我到哪里去买卫生巾啦。出发前就和我妈去超市里大扫荡，卫生巾、餐巾纸、厨房纸装了一大箱呀。还有两箱都是零食和衣服。简直就是被流放到西伯利亚。"

"前面一堆学声乐的表演过了，你还敢上台，倒是蛮有勇气的。"

"你们这里文艺活动开展得倒是别开生面。以为这里没人听流行乐，没人知道周杰伦。"

"那你以为我们都听什么？"

"不知道为什么，有种错觉，这么偏远的小岛，什么信息都接受不到，就像被隔离的种群。Island，isolate。"

大部分时间，顾梨说话都是不着边际的。一旦认真起来，总让人不知道如何往下接。这时候苏夜就报以沉默，沉默是万能的回应。她们约在海边见面，骑车五分钟就能到达。如果漫不经心地散步过去，最多也只要二十分钟。夏天时海边热闹非凡，晚饭过后广场上陆续聚集起跳交谊舞的人，只要不下雨，他们每天都来，乐此不疲，热舞三个小时才肯罢休。大多是中年人，男女都有。她也在人群中见过妈妈，有娱乐的地方少不了她。后来妈妈嫌广场档次不高，开始去舞厅了。舞厅里可以跳更洋气的曲子，还有年轻的教练。接连下雨的缘故，气温一直没上来，初夏的气息并不馥郁。

见面时，已近十一点，由于第二天是周六，她们又不去上补习班，所以没有早起的压力。顾梨穿着一件连帽套头衫，下身只穿了短裤和夹脚凉拖。眼睛在灯光下湿漉漉的，睫毛似是细细刷过。她比苏夜低半个头，更瘦一些，还没发育的样子，鹿眼一般的大眼睛机敏而好奇，薄薄的上唇凸起一颗可爱的唇珠，乌发留到腰间，有自然的卷曲，平日里束成一个发光的马尾，戴上樱桃发饰，尤其夺目，总让人想起小时候永远抱在怀里的那只洋娃娃。

顾梨从斜挎的背包里取出一盘碟片交给苏夜。

"看完了。"

苏夜懒懒摘下耳机，噢了一声。

"这部我喜欢。但我觉得你不一定喜欢。"

"为什么不喜欢？"

"是色情片哦。梁家辉的屁股真好看。"顾梨微微邪笑，猥亵之中带有俏皮。

苏夜接过碟片，发现是《情人》。她对这个故事不陌生。

"我刚看过那书，性爱写得挺露骨。好像还是杜拉斯的亲身经历。她小时候也好看，书上有照片。"

"写得怎么样啦?"

苏夜说不出个所以然，对于杜拉斯这样的作者，她是说不出哪里好的。她是从王小波那里知道杜拉斯的。那阵王小波很热，她跟风读过《寻找无双》《黄金时代》和一些煽动力很强的杂文。她在网上认识几个文学爱好者，年龄不大，都喜欢模仿王小波的调子写文章。她倒不那么迷王小波，但她始终感谢王小波留下的文学线索。"听说朱老板那里还有《东宫西宫》。"苏夜突然想到，"里面还有年轻的胡军。我喜欢他和刘烨演的《蓝宇》，他们是一对。"

"不会吧，胡军看起来不像是同性恋。"

"刘烨也不像，但他俩是真的。"苏夜边说边欣赏夜色。眼前的夜黑沉沉的，却依稀可见明暗的秩序。

高一课业相对轻松，平时稍微抓紧就能应付，所以苏夜决定补课的事情等高二再说。顾梨的母亲帮她报了补习班，但她不去，大部分时间都窝在出租屋里。无事可做的周末，她就在苏夜家中用酸奶和红酒制作各种危险的面膜，或者看尺度很大的 cult 电影。她们常去一家名叫"青叶屋"的盗版影像店淘碟。老板姓朱，看上去三十五岁上下，精瘦，脸上布满青春期留下的痘坑，让人不忍心仔细琢磨长相。朱老板做生意时很市侩，但只要一提起喜欢的电影，就能神奇地比平时看上去英俊几分。他疯狂崇拜昆汀·塔伦蒂诺，自他听说昆汀也是开碟片店起家后，也梦想有朝一日能成为电影大师。他曾做过群众演员，但首次在电影中拥有单独镜头的却是他的车。

"杨紫琼演的，你们竟然不知道这部片子。型号是桑塔纳2000时代超人，被贴成一辆警车。我还特意买了电影票去看呢，一晃而过的镜头，但拍得很帅。"朱老板露出意味深长的笑容。每当述说这段往事时，他的用词异常流畅通顺。顾梨猜他已经对人谈起百遍以上，倒背如流，也不知道真假，谁会去考证呢。当然朱老板每次提及电影梦，女孩子们都觉得是在搞噱头而已，从未放在心上。没想到朱老板动了真格，数年后竟拿出毕生积蓄，请了一帮朋友正经拍起电影。拍摄时在小镇引起不小的轰动，但因剧本涉及暴力美学，现场出现不少管制刀具（其实都是道具），有怕事的民众报了警——朱老板的初次尝试以失败告终，还害几个好友惹了麻烦事。他因此欠了些债务，只好把经营多年的店面盘了。"青叶屋"摇身一变，成为一家海鲜面店，至今生意火爆。后来苏夜听说，朱老板年近不惑，竟丢下妻女跑到日本学电影去了。也不知学得怎么样，反正就此没消息了。不知为什么，跑到日本去的人都是这样消失的。

她们慢悠悠散步，细声聊天。岸边隐约可见一对亲热的情侣。苏夜不好意思地把头别过去，对顾梨说，咦，光天化日干那事呢。顾梨拉了拉苏夜的衣角。"你看呀，拆了个安全套呢。"夜色降临时，年轻的情侣喜欢趁着夜色在堤岸下接吻。苏夜想象在岸边接吻也是件美事，周围的嘈杂都被浪花压下去，世界仿佛只剩下相爱的两个人。

她们挽手嬉笑着离开，情侣好像觉察到动静，慌慌张张地起身走了。她们沿着大堤一路向有潮水的地方去。那里有一个丁字坝，常有人在此失足落水，溺毙。被捞上岸时，尸体肿大，看不出原来的模样。

苏夜也曾差点从这里掉下去，从此不敢再靠近丁字坝，害怕就这样死了，谁也不知道，毕竟年纪轻轻，还是个处女。更怕被人打捞上来时面目全非，谁也认不出。当然也有专门到这里跳海自杀的。晚上江面上浮着一层薄雾，让人有漫步云端的错觉。她忽然觉得伤心的人如此迈入水中，了却毕生苦痛也未必不是件好事。

"你和丛先生怎么样了？"

"去夏训了。大概半个月没见面。"顾梨大概是有些困了，边说边打哈欠，"听说在云贵高原跑步呢，练习肺活量。"

<u>丛</u>先生特指球员<u>丛</u>友。虽然他一看就没什么文化，和

"先生"没有半点关系，但顾梨喜欢那么叫他，显得神秘又有派头。那时丛先生在岛上的足球基地训练，后又成立了一支球队，踢乙级联赛。麻埠中学附近的体育场有一块标准足球场，基地的球员常来踢比赛。那时，苏夜是个体育迷，她曾拉着顾梨去看热闹。赛后，顾梨大胆要到了几个球员的手机号，其中也包括丛先生。苏夜和顾梨可以算得上无话不说，但她却不知道他们是何时在一起的，是谁追的谁，反正再见面的时候，两人已经是热恋的情侣了。

顾梨和丛先生见面机会很少，只能抱着手机谈恋爱，一毛钱一条的短信一个月可以发掉两百多块。后来球队的管理员没收了球员的手机，顾梨的爱情变得举步维艰。

丛先生刚开始踢联赛时，每周只有一半的时间在岛上训练，而顾梨还要上课。丛先生偶尔路过学校，和顾梨约在学校后门口见面，还隔着一道铁栅栏。每次都会从那里给她塞钱，多时一千，少时也有一两百，那是他省下来的生活费。苏夜总是调侃他们的恋爱像极了探监，也不知道是谁探谁。

天起了大雾，顾梨奔到后门时，丛先生的脸已化在雾中，但还能听到他模糊的声音，这次只有五十了，买点零食吧。说话间他的手从浓重的灰雾中探进来，将捏皱了的纸币摊平，流畅地插入顾梨随身携带的生物课本里，走啦，班车在等我。顾梨猜想他在边线掷球时也一定有这样的准度。他挥了挥手，很快消失在浓重的雾里。顾梨恋爱之后，也没那么想回上海了。谁知多年以后他们结婚离婚，还在网上掀起骂战，就连当时随意拍下的合照都被别有用心的人挂出来。网络时代没有秘密可言，所有回忆都有可能变成武器。可那时的女孩子们，只为眼前的事情烦心，想不到那么远的地方。

她们良久沉默着，潮水似欻然汹涌了些。
"和你说个事，别告诉别人。"顾梨打破平静。
"快说快说，别卖关子。"苏夜迫不及待，每当闻到八卦的气息，她都感觉自己像停在腐食上的苍蝇，兴奋地搓着手。
"我们做爱了。"顾梨的声音被潮水拍岸分隔出音节，让人以为在哼什么陌生的调子。
"你说什么？"苏夜大惊。
"我和丛先生做爱了。"顾梨凑近苏夜耳边重复。
"不会吧！"苏夜脱口而出。她的五官纠结到一起，像是被人整蛊喝到了怪味的饮料。
"没开玩笑，我们做爱了。"顾梨略带伤感地说，她很少这样。
"痛吗？"苏夜小心问。
"痛。"顾梨不假思索。
"他是运动员哎，会不会更痛一点？"

"还挺温柔的,但他肯定不是第一次。他很小就出来踢球了,接触的人也多。"

海面吹起凉风,涨潮了。顾梨忽然觉得冷,就将披在背上的绒毯似的长发拨到胸前。

"你喜欢他什么?"

"人鱼线啊,腹肌啊。"

"别的呢?"

"别的还有什么,他又不聪明。"

"上次和他讨论长得帅的球员,居然连因扎吉都不知道,亏他还是个专业球员呢。"

"也难怪,他很小就出来踢球了,除了踢球,什么都不知道。"

"那他知道贝克汉姆吗?"

"贝克汉姆还是知道的。"

"你们会结婚吗?"

"当然啦,等过了法定年龄就结,然后生一对双胞胎。"

"为什么要生双胞胎啊?"

"我家族有这个基因的,一下子生两个,合算呀。"

"那你会上大学吗?"

"他要是踢出名堂了我还上什么学,维多利亚·贝克汉姆知道吗?"

"以前维多利亚可比贝克汉姆有名。我觉得你还是要上大学,不然你爸饶不了你。"

"你觉得我们在这所学校还考得上大学吗,这里就是个混日子的地方,到现在我连校长都没见到过。等我们毕业了,学校就要被推倒了。"

"推倒?"

"建度假村,你不知道吗?"

把学校炸掉是每个学生的心愿,但若不是自己亲手炸毁,倒还有几分不舍。

她们坐在堤坝上,隐约看见一个岛屿。岛屿其实只是一块礁石,上面长了一些奇异的荧光植物,每到夜里,在浪花中忽明忽暗。不知是不是潮汐的关系,它只在夜晚出现,看不出远近,也确定不了准确的位置。由于实在无用,大人们并没有给它起名字。

"对了,我觉得隔壁班那个夏屿有点喜欢你,听说还是物理课代表,和你一样喜欢文学的,长得蛮帅,有点像……有点像,演《教父》那个叫什么来着?"顾梨突然说。

"阿尔·帕西诺?"

"不对,第二部那个。"

"罗布特·德尼罗?哪里像啦。"

"男孩子,要么就是罗伯特·德尼罗派,要么就是阿尔·帕西诺派,你自己体会。"

"我看他倒有点像朱时茂。男孩子,要么就是朱时茂派,要么就是葛优派。"

顾梨扑哧一声笑出来。

"我看是你看上他啦,这么快就对丛先生腻烦了?"

顾梨笑得更欢了,连忙解释:"我是帮你看的。"然后又说,"难道你就没有喜欢过什么男孩子吗?"

"也喜欢过的,但都不长久。那个实习老师还记得吗?喜欢过几个礼拜吧,后来看见他一边抽烟一边吐痰,就不喜欢了。"

"他呀?还真没想到。"

"我也没想到你会喜欢丛先生呀。还以为你迷恋那种浪子,留着泡面头,穿皮衣,踩着那种重型机车的。"

当时苏夜已经想到,年轻人的情感不过都是一种"暂时",很快就会被新的乐趣、新的认知所取代。她尚未想到的是,在巨大的时间尺度之下,所有看起来永恒不变的事物也不过是另一种暂时。虽然头顶星空万丈,对面的岛屿上空却不时飘着闪电,把那片区域的天空印成玫瑰的颜色。那闪电竟然无声,像一颗遥远的心脏搏动。

"是什么啊?"

"超级单体吧。"

"要下雨了。"

"还远着呢。"

分别后，苏夜奔回家里，逃离一场不存在的风暴。她心跳异常，全身汗津津，摸黑去冲凉。她已经两年没有开灯洗澡，自胸部发育那天起便一直这样。她左侧的胸部率先隆起，但右侧却晚了半年。这导致她两侧的乳房看起来差距很大，一个欣欣向荣，一个畏首畏尾。加之从小患有"伤心乳头综合征"，偶尔碰到乳头，就会勾起她所有的负面情绪。所有经历过和幻想中的忧戚、悲伤和苦楚便在瞬间全部涌入到乳头上。她失去了快乐，只想马上去死。几分钟后，症状逐渐缓解，但不会完全消散，有时睡前她还会因此啜泣一会儿。她从没有对人说起过这件事，竟以为所有人都这样。很公平，大家无一例外都会因为乳头被触碰而感到悲伤，产生厌世的情绪，就像大家都会感冒发烧一样。这天夜里，苏夜破天荒打开灯洗澡，在镜子里仔细观看自己的裸体，两侧乳房逐渐对称起来。

倦热倏忽而来。苏夜听着熟悉的电台节目，一个尖锐、狡猾的男声正在朗读《福尔摩斯》的故事。当男声扮演福尔摩斯嘲笑华生时，会发出猎犬般的笑声，极为恐怖。苏夜又在古怪的福尔摩斯的陪伴下睡着了。年轻时，苏夜的梦境总带有奇幻的色彩。受到好莱坞大片、日本文学和迷幻摇滚的影响，她常梦到席卷全球的灾难、光怪陆离的幻地、扑朔迷离的凶杀。如果白天体育课上拼命奔跑过，晚上就会梦到飞翔。她时常从逼仄的卧室窗户里探出身子，拨开棕榈树叶，冲破高耸入云的泡桐密林，沿着小镇的中轴线低空飞行。她很早就了解到，只要默念口诀，就能在梦中无所不能。有时也分不清梦里梦外，稍一使力，就从床上滚下去，就像自星罗棋布的银河坠落。

将近午夜时她被一阵恼人的测试音频吵醒，绵延不绝，仿佛要"嗞"到世界的尽头。就连电台也结束了，还有谁醒着呢？这么一想，孤独油然而生。不过很快这清晰、冷静的孤独之声就被温情脉脉的轮船汽笛所消解。呜——那时轮船班次很多，码头上雾气蒸腾，旅人们不舍昼夜。午夜梦回时想到还有这么多人上岛、离岛，心就立刻回旋到人间。

一阵风吹进来，吹响飘窗上悬挂的蓝铃花铸铁风铃，那是爸爸在京都时寄回来的。紧接着就闻到一股酸甜的花香，想必是阳台上那盆真宙开了。整个岛屿缩至一个房间大小，在这有限的空间内，已饱含夏日的青光翠色。当她再次入眠，天已微亮。没什么好担心的，醒来还是暑假。

苏夜坐在堤坝上，浑浊的海面烧开了似的咕咕冒着泡。她预感到洪水，但并不害怕。她静默地观察着灾难的形成，是梦而已，没有人会真的死去。这时明晃晃走过来一个熟悉的人，穿着奶油色的粗布裤子，但看不清脸。他紧挨着她坐下来，她感觉有温热的气息从四面八方把她包围住。她很好奇，想去探索他的形象。挣扎几番，什么也看不清，被雾冲散了，只知道他越来越近。潮水翕张如巨兽的咬合，听不到任何声音，耳旁只有不断被风吹散的语言：洪水来了，不逃吗？

我在做梦，她回答。不含一丝犹疑。

她抬头望去，巨大的月亮就挂在头顶，咫尺之遥。仿佛一伸手，就能触到瞬息万变的月海。但又像在尘嚣之外，可望而不可及。

月亮碎了。他说。

月亮确实碎了，被某种巨大的不可想象的力量撕裂，玻璃般的碎片静止悬停于空中。远处的村庄、田野和水杉，已泡入水中。潮水淹没了堤岸，他们看得到浮木、游弋的鱼群。只差一点点，潮水就要浸湿他们的脚尖。她的目光穿过他的衣领，看到他抖动的喉结。再往上一点，就知道他是谁了，但她却失去了这种向往。

你为什么不逃呢？

你不是在做梦吗？

她闻到烟草和奶制品的味道，并感到灼热。他们的手渐渐合到一起，越握越紧，直到渗出汗液。不知洪水何时会把他们卷走。

2　静息

"宝贝，妈妈坐轮船走了。"

早上，苏夜收到妈妈的短信，她要去烟台启动一个新的项目，弥补之前的亏空。宝贝，妈妈坐轮船走了，像一句遗言。她当时还未曾预见，妈妈此行将三年不归。

轮船，一个并不老派的名词，仔细想来确已过时。追溯历史，船舶曾经靠蒸汽发动机推动明轮获得动力。轮船、轮渡就此得名。如今船身上已没有了轮子，但这些带有"轮"字的名称沿用至今。还有一些名词的过去属性要明显得多，现代人已不常使用。比如兰婆总是把水泥地叫作"斯门汀"（源自英文单词 cement），还把缝纫机叫作"洋针车"。这些词汇都表明她成长于更早的年代。只要人们还会使用过去的词语，过去的生活就没有真正过去。

苏夜的书桌，其实就是兰婆的洋针车改造的。外公早逝，家境艰难时，兰婆靠做针线活养活了母亲。后来兰婆听人介绍，改做黄沙石子生意，建设雾岛军用飞机场，在 20 世纪 90 年代初大赚一笔，家里的光景也逐渐好起来。不做裁缝，却舍不得扔掉那台洋针车。那是她当年的嫁妆，也是吃饭家什。苏夜大了以后，她把缝纫机的部分反扣到桌板下面,罩上一张水果图案的防水桌布,又放了一摞旧书、一只蓝色釉彩花瓶、一只卡通闹钟,缝纫机就成了一张别致的小书桌。从此,苏夜经常在洋针车上写作。写到得意的地方,还会忍不住踩起踏板。这大概得益于她爬树的过往,一边探索,一边翻越。

此刻苏夜正伏案写作,她脑中盘桓的大多是一些奇谲的、令人意想不到的故事情节。人物更是个个气质非凡、与众不同,要么一出生就通体透明,要么身体里住着一只鹤。她对抒写日常毫无兴趣,也对此类作品不屑一顾。她还读不出福楼拜、托尔斯泰的好,对简·奥斯汀的作品不屑一顾(虽然读了不少),并称之为"恋爱小说"。她只欣赏卡夫卡、卡尔维诺、舒尔茨、科塔萨尔、博尔赫斯、马尔克斯这类有异质特征的作家。在那些耳熟能详的作品中,她尤其欣赏《百年孤独》,一听名字就是杰作。虽然她只读过简介,但只要同别人谈及喜欢的文学作品,《百年孤独》肯定是荣膺榜首的。

正值梅雨季,苏夜已在日记上连续写下十五个"阴有时有雨"。她常听的电台节目最近来了个新DJ,是个交响乐迷,喜欢夹带私货。DJ的嗓子含着闷闷的水汽,就像罩着一只鱼缸那样,让人更加望不到出梅之日。这天,DJ介绍了冷战时期美国发射的旅行者号探测器上携带的黄金唱片。

"1977年,美国发射了旅行者1号和2号探测器,它们利用行星的引力弹弓效应，突破了宇宙第三速度，意思就是说这两个探测器会飞出太阳系，帮助人类寻找地外文明。1990年，旅行者1号在即将离开太阳系时，NASA让它回过头对准太阳系拍摄一张照片，这是一张绝无仅有的照片，照片中那个淡蓝暗点就是我们的故乡地球。天文学家卡尔·萨根曾说：'我们成功地拍摄了这张照片，当你看它，会看到一个小点。那就是这里，那就是家园，那就是我们。你所爱的每个人，认识的每个人，听说过的每个人，历史上的每个人，都在它上面活过了一生。'"DJ说到这里，嗓音已经哽咽。身边的另一位DJ赶紧打断："好了，话不多说，让我们一起听听看黄金唱片上的歌曲吧。下面要为您播送的是斯特拉文斯基的《春之祭》第二部分：献祭，少女的献祭舞。"

　　苏夜茅塞顿开，赶紧按下了收音机上的录音键，录完歌曲，正好擦去一篇英语课文，然后她又郑重地在纸上记下：斯特拉文斯基，春之祭。斯特拉文斯基的音乐诡异而迷人，在苏夜脑中挥之不去。可惜录得不完整，还想听听别的曲目，却不知到哪里去找。此时，她的脑中闪现出一个人来。

　　第二天醒来，苏夜洗了把脸，早饭都来不及吃就冲到顾梨家中。为了音乐，冒险是值得的。开门的是顾梨的父亲，他面如死灰，从鞋架上取出两个干净的布艺鞋套递给苏夜说:"顾梨在做作业。"苏夜迅速套好鞋套,将鞋子毕恭毕敬地摆到鞋架上说:"知道了叔叔,我很快就走的。"

顾梨哪里在做作业,分明是在课本的掩体下暗中发短信,谈恋爱。见苏夜来了,顾梨打开房间里的迷你冰柜,取出两罐可乐,丢给苏夜一罐,喝吧,无糖的。苏夜拨开易拉罐耳朵,灌了一大口可乐说:"你爸爸是交响乐发烧友吧,你说让他借我一张碟,他肯不肯?"

"那是肯定不借的呀。你看顾国明那小气的样,一毛不拔。"

背后提起父亲,顾梨都直呼其名,顾国明。这位父亲细长脸蛋,头秃一半,眼神像薄薄的纸张,快速翻动起来却别样锋利。苏夜见过他几次,要么窝在客厅里一边抽烟一边听交响乐,要么躲在窗帘后面半掩着面孔,暗中观察着楼下街道上的人群。他神情凝重,一声不吭,仿佛手里扛着管隐形机关枪,街上的人无一例外都是他击毙的目标。苏夜曾想,如果要举办一届"严肃大王"比赛,顾梨爸爸定能闯入最终决选。苏夜通过门缝瞄到顾国明发亮的后脑勺,噗地笑出声来:"还真是一根毛都借不到。"

"不过,上次你租的那张《2100太空漫游》,他也看得津津有味。要是真的开口,说不定会借给你。"

"是《2001太空漫游》啦。"

顾梨在可乐中插入一根青柠檬色的吸管,深吸一口。

"哎，差不多差不多，也就差了 9 年而已。"

"是 99 年啦。"

顾国明正端坐在客厅里沙发上，一边看新闻，一边把玩茶宠。空调打得特别冷，以便他在室内也能穿着得体的衬衫和西服。两个女孩神色张皇、蹑手蹑脚地走到顾国明身边，你推我，我推你，最后还是苏夜先开了口。"叔叔，想请教一下，您最喜欢哪位音乐家？"

顾国明有些惊讶地抬了一眼，然后举起杯子，啜了一小口茶："当然是巴赫。"

"那，斯特拉文斯基如何？"

"谁？"顾国明脸上露出不可置信的表情，以为自己听错了，"你说谁？"

"斯特拉文斯基啊。"

顾国明放下了手中的茶杯，不可置信的表情凝固住，形成一张固有的严肃面孔："那可不是一般人欣赏得了的。"

"很多人讨厌他，讲他远不如莫扎特、贝多芬这些大师。"

顾国明摇摇头，拍了记大腿后站起身，一声不响地走到房间里，在书架上找了一圈，抽出一张红色封面的唱片，然后又回到客厅，将 CD 顺滑地推入 DVD 中。"没带什么唱片过来，但斯特拉文斯基是一定要带的。"

"是《春之祭》吗？"

"嗯，芭蕾舞剧《春之祭》，CD 介质。"

客厅在不安的音符中起航。听了一会儿，顾梨忍不住说："哎，我可受不了，活生生一个集体调音现场。我还是喜欢莫扎特、贝多芬。"

"旅行者号上的黄金唱片知道不？《春之祭》可是入选曲目，是播送给外星人听的。"苏夜说。

顾国明隐约点了记头，双臂在沙发背上延展开。

"我看，要是外星人听到了这首歌，直接就拿来做攻打地球的战歌。"顾梨又说。

"斯特拉文斯基是划时代的人物，他的音乐采用无调性，抛弃了古典乐的秩序，你现在还体会不到其中的美。"在紧张的音乐氛围中，顾国明的身心反倒松弛了。

"叔叔，这张 CD，这张 CD，可否借我听听？我保证不会弄坏。"

"当然可以。"顾国明从 DVD 中取出唱片，装回 CD 盒中。苏夜兴高采烈地就要去拿，顾国明却突然改口："不过嘛，CD 这种东西，算是消耗品，还是给你刻录一张吧，就当叔叔送你的礼物。"

音乐中沉重的撞击和重音，一记记敲打在苏夜心上，仿佛被象群踩踏过。斯特拉文斯基的音乐激发了苏夜的灵感，她忍不住要书写一个能够覆盖她青春时代所有不安与忧郁的作品，她决定让主人公身患特殊的免疫系统疾病，只能在一个大型玻璃罩里生活。当时她致力于跳脱出性别的桎梏，所以她将以男性视角写作。她雄心勃勃，甚至为自己的想象力感到自豪，但构思到这里无法再继续。因为她缺乏阅读和生活经验，小说往往只有一个开头。她有些气馁地把稿纸推到一边，又从抽屉里翻出一个绛红色软皮笔记本，上面写满了她给主人公取的名字，有时也随意记录一些细碎的情节。虽然至今没有诞生一篇完整的小说，但按照这么多人物和线索来看，其浩大的工程量几乎要让她直到五十岁都笔耕不辍。

她想起妈妈织的那些毛衣，没有一件织完的。有些只开了个头，还看不出是织给谁的就被弃置一旁。有些已经大体完成，但就是懒得封口。那些没有织完的毛衣放在哪里都碍眼，妈妈就把它们东藏西藏。苏夜渐渐明白，妈妈织的衣服从来都不是给人穿的。她总做一些没有结果的事，起初抱着热烈的期待，最终都要放弃。直到妈妈忽然下决心不再织毛衣，那些织物竟都识趣地消失了。出于好奇，苏夜曾在橱顶上、衣柜里、床底下等多处翻找过，一无所获。她忽然心生一种怀疑，它们也许已经在另一个维度被完成。

小末敲了敲房门，无人应门，她发现房门虚掩着，便推门进去。"哎，吵死了，放的什么，锯木头啊。"苏夜见小末进来了，就调低了音乐的音量，从桌上拿出一本课文，随便翻起来。

小末又说："你婆给你找了个教书先生,教数学的,你下去和她谈谈。"

苏夜"哼"了一声,并不理会。于是小末又重复一遍:"你婆回来了,叫你呢!"

"她不给你说对象,倒操心起我的事了。"苏夜有些气恼地说。

"我要什么对象啦。"

"也是老姑娘了,再不嫁就晚啦!"

"那你要赶我走喽?"

"嘿嘿,"苏夜皱起鼻子,做了个鬼脸说,"我才不要呢!"

母亲的离开对苏夜来说没有什么影响,只要还付得起小末的工资就好。小末是兰婆的外甥女,小时候她的母亲去滩边割芦叶,被暗潮卷走。父亲为了再娶,就把她送到育婴堂的嬷嬷那里去。恰好,那时兰婆在天主堂里做后勤,一直照顾着外甥女。兰婆转做裁缝后,小末就来当了助手。苏夜一出生,小末就到家里帮衬,算是她半个奶娘。如今四十岁不到,相亲几十次也没找到一个合适的。

兰婆正在厅里一边喝啤酒,一边用筷子夹花生吃。她刚从码头卸货回来,桌上还堆着账簿和计算机。苏夜偏科严重,上了补习班没有任何起色,兰婆总为此事操心,好说歹说要为她物色一个家庭教师,都被她拒绝了。如今这阵势,应该是定下来了。于是苏夜上来便问:"是市重点来的?"

兰婆笑笑说:"不是。"

"你可别被人骗了哦,人家最喜欢骗你这种老太太。"

"是高才生,年纪还很轻嘞。"

苏夜颇有点不服气,问他考的什么学校,攻读什么专业,兰婆请她只管猜。猜了一圈都没说对,从中文哲学电子科技猜到建筑医学影视媒体,都不对。难道读的是园林设计,空调制冷?兰婆摇摇头,自己公布,读的是南大天文系。她又补充,人家上了中学以后突然就喜欢上天文,还加入了天文学社团。高三时已经代表中国去印度孟买参加天文奥林匹克竞赛,拿了奖。高考志愿只填了南大天文系,他早就下定决心,要是考不上,那就复读再考。谁都劝不了,就由他去。当然他从来就没让家人操心过学业的,那年天文系在舟山只录取一个,偏偏就他考上。

苏夜哼了一鼻子说:"你怎么知道得这么清楚,是做特工调查过?"

"天文系啊。"小末感叹一声,她对天文一无所知,对宇宙的概念还停留在哥白尼时代,"按照他的成绩都好上清华了吧。选个吃香的专业不要太简单哦。"

"天文不是一般人学得进的。人家以后是要当科学家的。"兰婆认真地说。兰婆对于对万事万物的好奇心从未磨灭。最近她和苏夜观看了一部关于宇宙尺寸的纪录片。从

幽灵的凉夜

此，兰婆得到一个模糊的概念，宇宙中的最小和最大，相差之大不能想象，但从外观来看，却十分接近。虽然一知半解，但她懂得探索宇宙是人类的天性。她思量自己天生喜欢量体裁衣，画样画得精准，裤线烫得笔直，百褶打得俏丽。但她不擅长家务劳动，只能一辈子花钱请人。小末便有这方面的天赋，细作的活计一概不懂，但只要涉及家务大小事，她都能做到逻辑通顺，调理得当。兰婆相信，人们只要各司其职，都算是活在正轨上。

"他那么好，来教我做什么，不委屈了自己吗？"

"你也许想象不到，家里世代都是渔民。爸爸是跑船的，妈妈开杂货店。家境么就那样，男小囡暑期就勤工俭学，以后还打算出国留学。"

"那就是船上人喽。"苏夜有些嫌弃地说。"船上人"是雾岛人对渔民的称呼，船上人一般在陆地上没有家宅，都住在渡口的居家船上。在苏夜的印象中，船上的孩子都是光着屁股长大的，全身黝黑又脏兮兮的。"船上的高才生，还蛮少见的。"

"人家快大四了，在我们镇上有口碑的。你婆我，会是随便找人搪塞你的那种吗？他比人家金牌老师都教得好。"

"我不要船上人进我们的房子，有股腥味。"

"你爸妈都不管你，我再不管你，好好一个小囡就废掉了。已经定了，这个礼拜三晚上过来。"兰婆又低头灌了口啤酒，吃起小菜。

礼拜三那天，兰婆拿出黄梅前泡的青梅酒来喝，苏夜嘴馋，也倒了半杯，欢快地喝起来。她本来就有点酒精过敏，喝了半杯，脸上翻起红晕，头也发沉，竟倒在桌子上睡了半个钟点。兰婆见她终于醒了，又兴致勃勃拿出还没收边的新裙子，要她试穿。

兰婆戴着金丝边老花眼镜，头发烫成舒芙蕾的蓬松弧度。上身穿一件湖蓝色真丝衬衫，下身穿着剪裁考究的珍珠白直筒裤，搭配一双牛皮编织鞋。手里还握着一把丈量布料的竹尺，尚未摘下顶针。她右手的无名指指尖少了半截，取而代之的是一节钙化、发黑的角质。她从未掩饰这个缺损，就像她从不掩盖生活中的腌臜。

裙子是按照《精疲力尽》中珍·茜宝的条纹海魂风格连衣裙打样制作的，没想到兰婆竟仿得如此好。"扣子有难度，她那件也是用衣服的布料做的。我这个小作坊没那个工艺，你就将就穿吧，用的贝母扣。"

"好看得来！"苏夜对着镜子转了两圈，竖起大拇指满意地说。

"我们夜子就是好看。"小末边说边帮苏夜捋了捋头发，"头发留长就好了。"

"不要，我就喜欢长不长短不短的。"苏夜说。

"刘海还是要修一修。"兰婆手里正巧抡着一把三十公分长的裁衣剪子说，"明天我帮你剪。你妈小时候的刘海，都是我剪的。"

"婆啊，你不要吓人，我又不是衣服。"苏夜盯着剪子摆手笑道。

雨后，树叶还在滴水。忽有一阵凉风吹来，吹散滚烫的酒气。刚才因喝酒而冒出的小疹子也一颗颗退去，当古铜色的月亮升到松树顶上时，罗徙突然登门造访。他礼貌地和兰婆、小末打过招呼，又递给苏夜一本书："送你的。"书的名字叫《从一到无穷大》。苏夜接过书，翻了几页，就扔在桌上。

她仔细打量了眼前的男孩：他个子很高，穿一件皂味浓郁的白T恤，晒得发黄，领口有些变形了，下身穿一条奶咖色的粗布长裤，不知是本来就这般颜色，还是经过多次洗涤后才变成这样。他可不该这么穿，衬得皮肤更黑了，像被太阳镀了层金子似的那种亮黑色。他的嘴唇厚厚的，鼻子又高又大，眉骨有点太高了，眉毛又硬又粗，眉心处有显著的川字纹。毛发浓密，头发虽然很短，但看得出卷曲。总的来说，有点像是复活节岛上的神像，又有点像是亚洲版的让-保罗·贝尔蒙多。

说话间，小末已经在会客厅整理出一张小桌子，切好西瓜，倒了茶水，又招呼两个小囡去坐。小末总是能把一切混乱无序在短时间内归整到位，处理妥善，可谓"逆熵"界的专家。

为了配合罗徙，苏夜认真拿出数学课本、习题册和练习卷，一股脑铺在桌面上。兰婆见她如此认真，便放心地汰浴去了。小末也钻进厨房刷那几只张牙舞爪的梭子蟹。

落座后，罗徙头也不抬，一边翻看数学课本，一边说："你都有些什么困难？"

"到处是困难。"苏夜说，语气有点随意，好像并不看中这位比她大不了多少的老师。灯光下她的睫毛灵动，像蝴蝶扇动翅翼。

罗徙刚从那条黑漆漆的小路走过来，老远就透过亮灯的大窗户里看到她了，她穿着海魂连衣裙，正转着圈与家人说笑。她长得像日本演员中山忍。

罗徙感到些许窒息，似有看不见的水位上涨，水流已蔓延至胸口，稍有晃动，就要冲进他的眼窝、鼻孔里去。他喝了口茶，又象征性地翻了翻苏夜的课本，发现玻尔被画成具有八只触角的克苏鲁巨怪，更为凄惨的是薛定谔，英俊肃穆的半身像竟添了一条鲛人尾巴。他"扑哧"笑出声来，因口中含着茶，又呛了几声。他清了清嗓子，又立即装作正经道："两位大师在量子力学上分歧颇多，落到这位苏女士手里，也算打了平手。"

苏夜抢过他手里的书，仔细一看，原来是上课无聊时胡画的那些插图。虽说她并未继承兰婆和妈妈的美术功底，但画出的图案以想象力见长，总能一鸣惊人。"见笑见笑，我并非针对物理学家。只不过他们神情可怕，好像在对我说'你永远不会及格'那样的话，于是忍不住添了几笔，他们看起来果然可爱多了。你看，一点都不奇怪，好像他们本来就长这样。"苏夜指这那些涂鸦说，"这样一来，也能提升我翻阅课本的频率。"

罗徙强忍住不笑，拿出帆布袋里准备好的试卷让她做，以摸清底细，最后只得 47 分。不过，罗徙发现她做题速度很快，要是再仔细些，说不定是能及格的。"你的态度有问题。讨厌数学？"

"谈不上，爱的反义词是冷漠。"苏夜转着笔，心不在焉，"47 分，比我预想的还好一些呢。"

"看得出来。说说，以后想做什么？"

"说出来也无妨，我是写小说的，本就不该为这些数学题烦恼。"

"有机会让我拜读一下你的小说，如果真的有成为大师的潜力，那些枯燥的数字，不学也罢。"

"那个，那个……"苏夜停下转动的笔，一时语塞，"总得待我修改修改。"

小罗老师帮她订正了错题便告辞了。他起身时，正好有风吹来，苏夜闻到一股好闻的皂味，和想象中不同，他是干净的，清新的，让人感受到一种彻底洗晒后的安心。苏夜惊讶地发现她并不讨厌这个船上人的孩子，反倒有点欣赏他身上的某种特质。

3　消失的游客

　　本来顾梨应该随爸爸回市区了，她借口学校要开"暑期学习指导会"（当然是杜撰的），于是在雾岛多赖了一天。其实所谓的"暑期学习指导会"就是下午跟丛友的约会，他集训归来，急着要见小女友。这天，顾梨的爸爸一大早坐船走了，说是回单位处理些事情。他叮嘱女儿，第二天就要坐船回家，否则有她好看。父亲一走，顾梨就冲到苏夜家中，如过节般雀跃。她打算先在这里混上半天，下午再去见男友。

　　"我爸规定我洗澡不能超过半个钟头，上大号不能超过十分钟，我连便秘的自由都没有。啊，还是你家的水舒服！"顾梨正在苏夜家中洗澡，因为她热爱那只出水"澎湃"的花洒。天热了，浴室的移动门敞开着，温热的水蒸气肆意涌出，和客厅放出来的冷气不断对冲。苏夜就站在浴室门口的冷热交替处同她说话："如果国明发现根本没有这个会该怎

幽灵的凉夜　109

么办?"

"他一定会气到发抖,然后和我断绝父女关系。说不定还要把我的名字从遗嘱上划掉。"因隔着距离,顾梨的声音有些失真,好像自某个地下管道而来。

"他要是知道你已经谈恋爱了,男朋友还是个踢足球的,估计马上就杀到基地去,大闹一场。"

"哼,老了,也就在家里逞逞威风。"

"你就这么讨厌国明?除了严肃点,人家也算对你挺好吧。他还给你洗衣服做饭呢,多贤惠。"

"看得见不如看不见,我俩总有一天要决裂。"顾梨突然激愤得像革命战士。

洗完澡,他们钻入苏夜妈妈的房间,打开她的橱门,一件一件地试衣服,为下午的约会做准备。"你妈的衣服太骚了,就是樟脑丸和香水味道重了点。"说着,顾梨拿起一件明黄色几何图案的改良旗袍,"这件好看。不过你妈买旗袍做什么,真的会穿?"

"这件是我婆好几年前做的,现在还很时兴。下摆开了四个衩,走路的时候大腿生风,可凉快了。"

"你婆还会做旗袍?神了。"

"她以前是裁缝嘛,还是自学的。只要把衣服按缝线拆了,再照着画出图样,没有做不出来的衣服。那时我做梦都想穿上这件旗袍,但是身板太小撑不起来。我妈只穿过几次而已，现在腰身都嫌小了。所以说即使不为别的，只为那些曾经拥有的漂亮衣服，也不能发胖。"

"她穿不上但我穿得上呀，要不今天就穿这件？穿上就是苏丝黄了，不过要配玛丽珍鞋。"

苏夜忙问她苏丝黄是谁，顾梨告诉她，就是一个穿着旗袍的漂亮交际花。虽然"苏丝黄"听起来很性感，但顾梨还是担心丛先生招架不住。他哪里见识过什么苏丝黄，也哪里能领略旗袍的妙处。于是她又从迷眼的蕾丝海洋中挑选了一件豹纹吊带衫，又拿出一条深蓝色包臀牛仔裙往身上比了比，感觉不错就套上了。就是腰身有点大，幸好苏夜灵机一动，找来两个夹子把后腰收住，又搭了个小罩衫隐藏了此处的尴尬。

出门前，苏夜把头发梳整齐，在发梢上抓了些发蜡，换上一身宽松的七分袖开领白衬衫。最后抹上妈妈的蓝调红唇膏，她照了照镜子，觉得太艳丽，又用纸巾抿了抿，去除了唇膏多余的亮泽。当日模仿的是《低俗小说》中 Mia 跳麦迪逊舞时的装扮。

中午，苏夜和顾梨走进一家咖啡馆。说是咖啡馆，不过只是借了时兴的名号，客人们很少点咖啡，还是以饮茶、嗑瓜子、打牌为主。桌椅之间空间局促，故意营造拥挤、暧昧的氛围。地面上贴着彩色六角瓷砖，窗户玻璃和餐具都是半透明茶色磨砂质地。服务员不耐烦地催促点单。顾梨很快点好一杯冻柠茶,苏夜点了杯冻鸳鸯。这时丛友来了,他穿着美津浓上衣,美津浓短裤,露出紧绷绷的四肢。似乎抹了防晒之类的化学制剂,脸上泛着一层光。一定是顾梨叫他擦的。

顾梨一见他,马上从沙发座上弹起来,踮起脚,用手臂环着他的脖子,吻上了他的嘴。丛先生一米八运动员体格,也被这突如其来的热吻冲击波震得向后退了两步。苏夜起身把沙发位让给这对小情侣,自己坐到了对面。队内规定,运动员不能饮茶、喝酒,丛友只点了橙汁。因过了饭点,咖啡馆冷冷清清。他们又是坐在二层,四下无人,顾梨干脆坐到了丛先生腿上,做出树袋熊环着桉树那样的姿势。

"喂,注意点。"丛友拍了下顾梨的大腿。顾梨只好悻悻把腿收起来,但人还是无骨般黏在他身上。

"你觉得我今天好看吗?"

"好看啊。"

"衣服呢?"

丛先生仔细将顾梨上下打量一番,这才发现她并非学生打扮。"衣服也好看。"丛友并没有什么自己的审美,反正顾梨觉得好看的,他也觉得好看。顾梨摸了摸丛先生的手臂肌肉,突然对苏夜说,你也摸摸看,石头块一样硬。苏夜摆手拒绝。丛友笑了,也鼓励她:"摸摸看,没事的。"苏夜用食指点了一下,果真硬得要死:"像史前的石头。"

"史前是谁?"丛友很小就出来踢球,没正经读过书。很多日常用语在他那里,都是从来没听过的生僻词汇。

"史前就是……"

苏夜刚要解释,就被顾梨拦住。

"罢了,解释不清的。"

顾梨悄悄告诉她,上次我和他提起妇联,他也不知道。解释了半天,他还生气。不一会儿,苏夜知趣地撤退了。晚上顾梨又致电给苏夜,谈及一桩要紧的事:国奥队选拔,除了看身体素质,看球技,还要谈谈自己为什么踢足球。这可把丛友难倒了,顾梨不懂足球,只好求助苏夜。苏夜说,首先得有一个偶像。

丛友接过电话,苏夜说:"你就说:贝克汉姆,说你想和贝克汉姆同场竞技,还要和他交换球衣。"他茅塞顿开,一个月后,顺利入选国奥队。多年后的一场邀请赛上,丛友确实和贝克汉姆同场竞技,但中方球员动作太大,两方球员闹得不愉快,因此他并没有得到球衣。

见完丛先生,顾梨便回上海了,雾岛归于寂寞。

美珍离开雾岛后去苏州做了两年服装生意,赚到些钱。苏夜听小末说最近美珍回来了,修缮老宅,打理菜园,家园逐渐恢复了些昔日的样貌。从苏夜家步行过去,只要沿一条水泥小径随便走上七八分钟就到了，小时候她并不喜欢走那条平坦无趣的道路，所以她总是落在树上，通过一节又一节的树枝到达那里。不知道从哪天起，她不再爬树了，树顶不再有她期盼的风景。

树又丰茂起来，将两座宅邸相隔开来，使它们彼此不见真身。这两天夜里，苏夜偶尔望见对面窗户里有晃动的灯光，而非漆黑一片，她猜想是他回来了。为了验证这一想法，到了白天她就抱着本卡尔维诺的《命运交叉的城堡》来来回回从美珍家门前经过，只看到几个工人在清理清水砖墙面，心里有说不出的失落。

虽然禁渔期还没过去，但后半夜还是有出海布网的人，小心翼翼捕些章鱼和海蟹，第二天拿到市场上卖。海警和渔政也睁一只眼闭一只眼。天亮以后，"作案"的渔船被随意牵在码头的桩子上，周围散落着比网眼还细小的发亮的鱼苗，睁着眼睛死去。除了游客，雾岛已没有真正的年轻人居住，她所在的中学已经不再招生，他们那一届成了最后一届。当地政府计划将学校改建成度假村，以吸引更多游客。岛屿看似欣欣向荣，实则到了秋末景物变换时，旅舍的经营者们也纷纷离岛，大部分商店都将关闭，只剩老人在长凳上从早坐到晚，回忆着许久未见的儿女和早已过去的夏天。

又一夜，后山的竹林里有窸窸窣窣的小生灵响动，不仔细听，就会被规律的浪花推岸声所覆盖。这天婆不打麻将，在客厅里挑灯算账。外边儿连乘凉夜聊的人也没有，小末做完家事，搬了张板凳，像要出门的样子。

"你干什么去？"苏夜问。

"广场那边放露天电影，我去看看，要不要一道去？"

"不去，没什么好看的。又是《地道战》《游击队》，要不就是《闪闪的红星》。"

"这几部电影最好看，你不去，我可走啦。"

岛屿夜里骤凉，与白天判若两季。苏夜房间的朝阳面有一扇通透的落地玻璃窗，即使在床上躺着也能一眼看到海。堤岸上亮着一排暗淡街灯，放眼望去，空无一人，只有浩瀚的海浪彻夜冲击沿岸礁石，发出可怖的声响，像巨兽彻夜磨牙。她感到一阵孤寂，想起广场上的热闹，便不知不觉出了门，往那里去。

下坡时，她突然被一个熟悉又陌生的声音叫住，是小夜吧？她回头一看，路灯和树影下，一个光头女人正同她说话。仔细看去，她出奇地瘦，出奇地白，白得发蓝。除了没有头发之外，眉毛也没有，光秃秃的眉骨耸立着，像包裹着两条肉乎乎的蚕。"酒儿你也去看电影？"苏夜战战兢兢地说，声音有些发抖。"不，我是要去商店，买一顶假头发。"酒儿说。她脸上没有太多表情。"怎么把头发剃啦？"苏夜问。两人肩并着肩走着，下坡的石板路并不陡，但苏夜的心却悬在嗓子口，扑通扑通要跳出来。"他们说我的头发太好看了，就帮我剃了。我好看的东西他们都要拿走。"酒儿说。

"会长出来的。"苏夜说。她忽然想起前夜听到的号哭声，很远，很凄厉。她对小末说，有人在哭，小末非说她听错了，那是墓地的铁门坏了无人去修，海边刮大风的时候就被吹得咣当乱响。

苏夜不敢再问下去了，她怕听到一些可怕的事。"那你快去吧，一会儿商店要关门了。""我会买一顶最好看的假发的。"想到好看的假发，酒儿加快了脚步，洗得褪色的百褶裙欢快地飘动着。还是兰婆送她的那一条，只不过看上去比从前更宽大了。

苏夜想要凑热闹的心全然溃散了，此刻仅剩下懊悔，一定发生了很可怕的事，她应该关心一下酒儿的，而不是什么都不做。到达广场时，位子都坐满了，放的是大家喜闻乐见的译制片《巴黎圣母院》，但苏夜依然全无兴趣，正要离开时，她再次被一个熟悉又陌生的声音叫住："小夜。"

眼前站着一个清瘦白净的男孩，朝苏夜笑着。树叶的影子盖住了他一半的脸庞，苏夜辨认了一会儿，有点不敢相信曾经的男孩竟然变身成人的模样。"你是，豚豚。"并不热，但汗液从她的脸颊滚落下来，又消失在下颌线通往脖颈的隐形小道上。

黎是维脸上浮现淡淡的笑容。"好久不见。"但那只是礼貌性的笑容，看不出别的情绪。

"是啊，好久不见。你怎么在这里？"

"我陪嬢嬢来看电影，喏，在那里，和小末阿姨在一起呢。"黎是维指了一个方向，苏夜朝那儿看过去，看到了小末熟悉的后脑勺，右手拿着一只芭蕉扇，一边拍蚊子，一边和身旁的美珍说话。美珍正在认真看电影，偶尔侧身与小末搭话。她把头发剪短、烫蓬，穿着一件黑色无袖连衣裙，比上一次见她还年轻了些。

"你嬢嬢，状态挺好的。"

"嗯，这几年好多了。"

他们自然地肩并肩走着，走入那条熟悉的坡道。一路上，他们没有怎么说话，等到快要分别的时候苏夜鼓起勇气问他要了手机号。两天过去，黎是维都没有联系她。就在她以为黎是维已经回上海时，他发来消息。

"再去一次吧？"

"嗯，好。"

那是最热的一天，日出以后气温急速升至三十度。苏夜穿着最清凉的薄荷色波点小背心和栗色亚麻短裤，头戴一顶白色渔夫帽。当她来到枢纽站的时候，黎是维却发来消息："我已经到了，你来找我吧。"苏夜坐上开往落部的大巴。大部分座位被一个旅行团盘踞着,他们五十岁上下,穿戴统一的黄色T恤和白色鸭舌帽。好在后排还有几个空位,苏夜坐到了一个寸头、精瘦,穿玫红色运动套装的女士身边。这位女士十分健谈,很快就进入话题,她自称是这个旅行团的领队,他们一行昨天刚从嵊泗坐船到达雾岛,下午去完落部就要回程。"这个旅行团是自发组团的,跳交谊舞认识的。不过带老人家很烦的,对吃的挑剔,好几个吃海鲜吃出肠胃炎。"

苏夜呵呵笑了几声,不做回答。领队见她无心聊天,知趣地拿出一只彩屏翻盖手机,玩起贪吃蛇。地势崎岖,司机开车很凶,每个拐弯都致力于把乘客甩出车外。直到好几个乘客骂骂咧咧,他才收敛了些。旅程后半段,地势相对平坦,车也终于平稳起来。这时领队的手机电量耗尽,发出遗憾的关机声。她丧气地合上手机盖说:"这儿的旅馆真是不怎么样。插头接触不良,手机电都没充上。"

苏夜提醒道:"最近老这样,电压不稳。我们家也这样,找人来修,又看不出个所以然。过一会儿电路又自己好了。"

领队见话匣子似有打开之势头,突然神色一变,兴致勃勃地说起一件逸事。

"你一个人出来要小心啊。上个月有人失踪,听说了吗?"

领队故作神秘的语气和她即将起飞的眉尾相得益彰,让人忍俊不禁。

"海市蜃楼那个?"苏夜问。

"你知道的啊。"领队说。

"听我婆说那个老人看完海市蜃楼就失踪了。老一辈迷信嘛,她说是鬼楼吃人,怎么可能。"

"这种事怎么好瞎说,你没看新闻都播了?"领队说。

"警察说最有可能是意外坠海,尸体冲到很远的地方去了,找不到也很正常。"

"你年纪小,不信也正常。老人失踪那天,我正好带队去落部,就在现场。我是有发言权的。海市蜃楼凭空出现在海平面上,不注意的话,还以为是另一个岛呢。那天好多人拍照啊,都没见过嘛,凑热闹。不过我也算有点见识的,海市蜃楼在雾岛这种地方不稀奇。气温啊,光线啊都有讲法,每隔几年就要发生的。但那天实在太诡异,反正我是一辈子都忘不了。"

"到底怎么回事?"

"那天看的人越来越多。我们拍完照片准备走人,忽然有人喊了声'灯塔',我们看过去发现幻景里确实有一座灯塔,仔细看,就和雾岛灯塔一模一样。虽然灰蒙蒙的,但大小、形状和方位完全吻合。后来我们发现除了灯塔,还有房子啊,路啊,都和这里一模一样。就像站在外滩上看对岸,看到的不是东方明珠,而是外滩。一下子搞不清楚自己是站

幽灵的凉夜

在原地还是对岸。"

"你的意思是……幻景里是雾岛？"苏夜问。领队点头。"那还真是有点可怕。"苏夜说。"除了这些物事，还有人。"领队继续说，"就和照镜子一样。这边有的，那边也有。这边的游客当然也映在那边了。那个失踪的老人也看到了，他们说，老人做了件最不该做的事。"

"做了什么事？"

"伸手和海市蜃楼里的人打了招呼。反正那天以后老头就失踪了，家人急得报了警。但一点线索都没有。查了航班，没有离岛。只进不出，岛就这点大，那只有一个可能。小妹妹，我说着你别害怕。反正你随便听听。那老人家应该是看到了不该看到的东西。"

"不该看的东西？"

"看到自己啦。他那天和蜃景里的人打了招呼，那边也一定打招呼了。老人家是来旅游的，不知道这个忌讳，于是就被鬼楼里的人招去了呀。后来警察一直在找，旅行团的人都做了笔录。现在过去一个月，一点线索都没有。家人心里知道，大概率寻不回，开始筹备丧事了。"

苏夜全身的皮肤凸起一层密密麻麻的小点。当她还想追问更多细节的时候，车已到站。领队马上精神振奋地挥着小旗子，安排集合。苏夜下了车，却不见黎是维。她打电话给他，那边已经关机，于是她顶着烈日找他，直到太阳西沉时，才在一个咖啡馆的露天座位处找到了他，他看起来很热，满脸通红，汗水不住地往外冒，她也一样。见到苏夜的那一刻，黎是维竟紧张得站了起来，他说："手机丢了，不，不好意思。"苏夜有点生气，但是她太热，太累了，就一声不响地坐在他旁边。黎是维问："想喝什么？我请你喝。"苏夜看了一眼他杯中黑乎乎的饮料说："和你一样吧。""加奶吗？""不加。"苏夜回答得很干脆。

美式来了，她啜了口，眉头皱了皱。黎是维笑了，又问服务员要了奶，加入杯中。已是下午四点三刻，他们没有时间再游荡了。苏夜还要回家补习功课，于是他们还没喝完饮料就往回赶。在大巴车上，黎是维累得睡着了。想必他也找了她很久。想到这里，她就一点都不生气了。

她开始研究他长大以后的模样，鼻子尤为秀美，让她想起著名的雕塑大卫。眉毛初段浓密，后段倏地散乱了，像彗星的尾巴那样燃烧过。他的眼睛细细的，像水墨画中简单流畅的鱼的形状。眼窝略微凹陷，看起来有点疲惫，或者说对某些事厌倦了。嘴唇盈润，泛着日出的颜色，呈现婴儿那种不曾尝味的状态。他的下巴上飘着一层毛茸茸的、浅灰色的胡茬，就像收割机刚刚碾过的稻田，那干燥的、刺刺的、芳香的感觉。他只穿着一件干净的短袖黑T恤，衣服上印着一幅奇怪的画，看上去是一只左手正在画着一只右手。但换个角度，也可以看作是一只右手画着一只左手，完全取决于怎么看。这幅画是个怪圈，苏夜看入了迷。黎是维醒了，看到苏夜在研究他衣服上的图案，于是就逗趣说："这位女士，您是在研究我吗？"

"不，不是。我在看你衣服上的画。这画好奇怪，就忍不住想研究一下。"她收起目光，热红了脸。

"埃舍尔的《画手》，就是一个幻觉。一种抽象的自我涉指。"他的嗓音过于轻柔，淹没在周围的白噪音中。吐字也不清晰，字词之间好像被化开的焦糖粘连着。

"我记得你一直喜欢画画的，在读美术吗？"

"不，我读商科。你快读高二了吧。"

"嗯，过了暑假就高二了。"

"还爬树吗？"还没等苏夜回答他又急于补充，"早就不爬了吧，一个小姑娘整天在树上，很不像话的。"

黎是维忽然意识到，在他们辨认彼此的过程中，不免看到自己曾经的面貌。于是他的话颇有些轻浮和挑衅的意味，像是急于要划清界限，关于他们的性别、年纪，甚至是个人历史，都要划清界限。所以他说出了这句话：一个小姑娘整天在树上，很不像话的。但黎是维立刻后悔了，这一举动不仅刺伤了对方，也刺伤了自己，他并没有忘记那些在树上的岁月。当他以一种轻视的态度提起这段过去时，记忆再次浮现,如被阳光照亮的湖底卵石,清晰而恒久。

苏夜的脸红了,她轻轻说:"嗯,早就不爬了。"她小心翼翼地和当下的黎是维说话,似乎每吐露一个词语,词语的力量都在把她推向更远的地方。车里没什么乘客,也不再炎热。一种空寂蔓延在他们周围。天空呈现黑矢车菊的色彩,那是一种雾岛常见的野花,他们曾经把这些花献给一只死去的麻雀。

也许是为了弥补这一件又一件的过错,黎是维从包里拿出一只初代苹果 iPod,打开播放器,将其中一只耳机塞入苏夜耳中,另一只塞进自己耳朵里。

"是什么歌?"

"*Wish You Were Here*,平克·弗洛伊德。想换一首吗?"

"不,很好听。"

"前奏比较长,不是纯音乐。"

"我喜欢没有人声的部分。"

"喜欢后摇?"

"喜欢斯特拉文斯基。"

景物飞快流转,他们彼此无言,体会着一个个短暂的烟花似的瞬间。如果探讨这些瞬间的实质,它们更像是粒子对撞时产生的一簇一簇微小的宇宙(或黑洞),产生的瞬间便湮灭了,正是因为这些宇宙太过微小和迅疾,他们才错认为爱是连续的。

从落部回来后,苏夜一直心绪不宁,只能用写作排解内心的涌动。如果曾有人在她写作时拍下肖像照,那定是极为罕见的面貌。她的表情不再像平日里那般生动,反倒安静、凝重起来,像一个假扮国家元首的孩子。纷乱的思绪聚拢在她冰凉的鼻尖上,形成致密的风团。当她敲击键盘,将那些虚妄的情节组织成文字输入电脑时,甚至能隐约看到风团的扩张和聚变。就连她自己都不熟悉这副面容,以至于她相信,写作不仅能延长她的生命,还能使她的灵魂更为丰满,使她的形象更具层次。

苏夜设想从《哈扎尔辞典》中偷一个有关快镜和慢镜的情节,把它改编成具有魔幻色彩的现代故事。她幻想出一对双胞胎姐妹,姐姐无异于常人,而妹妹一直寄居在姐姐体内。没有人真正看到过妹妹,即使连他们的父母也从未洞悉这段双生的奥秘。每当姐姐照镜子的时候,妹妹才会现身,完全覆盖住姐姐的形象。虽然构思已近成熟,但苏夜从未写下只言片语,她还没有领悟到这种迟疑正是出自与生俱来的恐惧。

苏夜实在无法放弃"镜子"的意象。她殚精竭虑地整合素材,终于写出一篇满意的三千字寓言。一开始她就坦白,主人公是她一位朋友的"变形"。通过书写,她排遣了连日来的郁郁寡欢,得到支配的快感。在她笔下,黎是维摇身一变,化身阿拉伯炼梦师,蓄起棕色的八字胡须,游历在无数命运交织的狭小国度之间。另外,她不忘把自己塑造成炼梦师无私而神秘的吉卜赛情人。在她编织的奇幻故事中,他们拥有常人无法想象的炙热爱情,能随时牺牲自己的生命以换取对方的幸福——这就是十七岁的少女对爱情的理解。仔细想来,也算合理,爱情本就类似于一场昏睡中的梦幻,总是被夸大其词。

关于小说的结构,是她一贯的伎俩:开头必须要有气吞山河的引言。这次她选择了米沃什在《奥尔弗斯与欧律狄刻》中的诗句:

一群幽灵包围着他。
他认出了其中的一些脸。
他感觉到自己血液的涨落。
他强烈地感觉到了自己的生命与罪孽。
他害怕遇到自己伤害过的人。
但他们都已失去记忆,
只是瞥他一眼,木然地走开。

接着她又挪用了阿凡提的人物背景来装点主人公的经历。说来情有可原,阿凡提可能是她唯一熟悉的阿拉伯人,她如是写道:"炼梦师的出生地区、活动范围,以及生卒年月俱不可考。他可能在 11 到 14 世纪这段时间内活跃于波斯或者安纳托利亚地区。时至今日，土耳其建起了他的陵墓；乌兹别克斯坦的布拉哈能找到他的雕塑；而在更为陌生的巴库和大不里士，也发现以他名字撰写的游记。"

故事大体围绕着炼梦师的亡命生涯展开。他因造梦而触犯死罪，好在他的吉卜赛情人临终前交给他一张藏宝图，要他逃亡至南太平洋的荒岛寻找宝藏，以度余生。炼梦师按照地图上的指示登上荒岛，四处寻觅，却一无所获。绝望之际，海平面的尽头陡然生出一片岛屿，与荒岛互为镜像，在那虚妄的景象中炼梦师看到了自己，他们相互凝望，交集成无限。炼梦师怀疑一切都是他无形中铸造的梦境，当他轻跃于梦的层级之间，也逐渐交出了主控权。他不禁怀疑，神在造物时也会失控吗？炼梦师的身体逐渐隐逆，他分不清到底是自己创造了梦境，还是梦境创造了自己。两个镜像的世界也因此互相抵消，遁入虚无。

苏夜把小说发到了博客上，过了几个小时候又打开博客，发现小说底下竟有一条留言：写得不错。除了顾梨，几乎没有人知晓这个博客，她把这里当作秘密基地，畅所欲言。因此这条突如其来的珍稀留言很快让她心惊肉跳起来。留言者叫 K，苏夜顺着 ID 链接点进对方的博客，发现这里是用来记录月相变化的，看了几篇日志，没什么意思，因为每个月的记录都差不多，从残月到满月，再从满月到残月。

月球上既没产生新的陨石坑,也没有任何月海神秘消失。博客的背景音乐是伍佰的《彩虹》,以前不喜欢伍佰的,觉得他的歌土,此刻却觉得好听,于是从网上下载了一首到 Mp3 里。"慢慢掉下来/满天的棉絮飘在我俩中间/我看着你一闪闪地不见/是微风吹进我屏息的眼。"

4 从一到无穷大

一周之后,苏夜的数学成绩有了显著提高,从 47 分提高到了 59 分。

"再加把劲,马上就及格了。你做卷子还是太快了,把错题全都订正完还剩半小时呢。你什么时候做数学题有写故事那么勤奋就好了。"

"啊,你怎么知道这些?"

"你写得不错。"罗徒诡笑着说。

"哦,你就是那个 K。"

罗徒点点头:"你的博客 ID 就是自己的名字,很好找。小说的灵感应该是来自那起失踪案?"

"你也知道那件事?"

"岛人皆知。"

"你不觉得这件事很神奇吗？"

"确实有匪夷所思的地方，你的想象也并非毫无根据。我联想到一个类似的事件，有兴趣的话，我说给你听。"

"说说看。"

"事情发生在 1900 年。当时的意大利国王翁贝托一世来到米兰郊外蒙察，晚上在一家小饭店吃晚餐。国王惊奇地发现饭店老板和自己长的一模一样，宛若一对双胞胎。让人吃惊的是，这个店主居然也叫翁贝托。国王感到很欣喜，于是立刻邀店老板和自己共进晚餐。信息互通之下他们发现了更多无法解释的惊人巧合。比如，两人出生在同一天，婚礼也在同一天举行，妻子都叫玛尔盖丽妲。另外，两人都有一个孩子名叫维托里奥。店主就像国王的分身一样，在民间过着一种镜像的生活。国王非常珍视这位分身，决定授予店主骑士头衔。第二天，店主穿上自己最华丽的衣服，准备去参加授勋的典礼。然而，就在他走出店门的时候，发生了枪击，一颗子弹直接击中了他的头部，店主当场死亡。得知店主的死讯后，国王很震惊，决定参加店主的葬礼，并让副官赶去安排。"

"国王也死了，对吗？"

"是的。副官刚走出国王的房间，一个无政府主义者冲进来，对着国王连开三枪，其中两枪击中了国王的心脏。两个翁贝托又在同一天死亡。"

"这是真实事件还是杜撰来的？我看像是编的，比我的小说还天花乱坠。"

"旧杂志上看到的，现在杂志丢失了，网上的信息也非常有限。用你的话来说，就是俱不可考。不过这也说明，分身和镜像的故事历来就使我们着迷。类似的小说博尔赫斯写过不少，但最为接近的是科塔萨尔的一篇《遥远的镜子》。一开始我还以为你模仿了他们的调子。但仔细读来，也许卡尔维诺的味道更浓。"

苏夜全然没想到，她的模仿痕迹如此明显："那你觉得……觉得……我写得怎么样？"

"我只是个普通读者，对文学算不上有什么研究。我的意见可能没有什么参考价值。"

"尽管说，我不是随便写写的，诚实的意见才对我更有益处。"

"在你的小说里，我感受不到时间的流逝。也许你还缺乏耐心。不过作为初学者来说，你只是需要时间罢了。"

苏夜若有所思，近乎凝滞在另一层空间中，手腕的关节处因紧张而泛起一抹玫瑰色。他没有料到，小姑娘对写作如此上心，看来并非玩票。他抬手拨开她周遭的迷雾，又轻声说："姑娘，别走神了。我们还没上完课呢。"

苏夜被一语惊醒："你继续吧。"

"我这儿有一个关于数学的故事，和你的小说有关。"

"你倒比我更适合写小说,设置悬念的路数层出不穷。"

罗徙狡黠一笑:"一个喜欢冒险的年轻人,在他曾祖父的遗稿中发现了一张藏宝图。上面透露着藏宝地点:乘船至一个荒岛,岛的北岸有一大片草地,草地上有一棵橡树和一棵松树。"

"这不是我小说里的情节?"

罗徙点头:"我都说了嘛,和你的小说有关。你要允许我借鉴。给我纸和笔。"

苏夜随手翻开一本速写本,又递给他一支精心削过的铅笔。罗徙在纸上简单勾勒出一个岛屿,又添了两棵树。他没有绘画功底,但笔触流畅准确,毫不拖泥带水。"那里还能看到一个年代已久的绞架,曾经用来吊死叛变者。"他又在纸上画出一只粗犷的绞架。"记住从绞架到橡树的步数,到达橡树以后,向右转个直角再走这么多步,在那里打个桩。然后回到绞架,朝松树走。记住所走的步数。到达松树之后,向左转个直角再走这么多步,在那里也打个桩。在两个桩的中间挖掘,即可找到财宝。但是年轻人按照这个藏宝指示去找,却怎么也找不到。"

"为什么会找不到?"

"这么多年过去,景物都变化了呀。"

"还是有办法找到的吧?"

"把荒岛看作一个复数平面,再用虚数去解,就能找到。"

"你忘了我在数学方面有困难了？我可不懂什么虚数。"

"我当然知道你不会虚数，那也不是你们高中生要掌握的。其实简单来说，寻找宝藏的关键就在于如何把普通三维空间与时间结合，成为受思维几何学规则支配的四维空间。我也是受你启发才想到的，也许你的寓言真的能解释老人的失踪。具体如何解释，我还没想到。"

"其实，这个小说的灵感并不只是来自那个失踪的老人。我最好的朋友，也是那样没有的。那时她只有九岁，再也没有找到她。"苏夜的语气低沉，脸色也暗下来。

"只要你还记着她，说不定有一天，会有线索。只不过时间还不够长。"

"那要多长的时间才可以呢？"

此时，屋外传来模糊而绵长的雾角声，罗徙觑一眼手表说，九点缺一分，下课了。"你的故事我想听，下次再告诉我。"

"还能再说一会儿，她们睡得晚。"

"这次晚了，下次就难。来日方长。"

兰婆汰好浴见男小囡要走，连忙叫小末把枇杷拿出来。这是小末趁着他们学习的时间，刚从花园的老枇杷树上摘下的，整整一串，每一个都挂着水珠，饱食青光翠色。

罗徙抱着枇杷消失在夜雾中，途中还掉落几个。他径直

幽灵的凉夜

潇洒走去,没有去捡掉落的枇杷,也没有回望此地,就像所有前途生辉的少年那样。这时一只貉子从禽开的厨房窗户里潜入,偷了一块泡过料酒的肉,打算喂它在春天产下的一窝小貉子。得逞后它飞快沿花园边溜走,苏夜在昏暗的月色下瞥见它慌慌张张的身影。它因哺乳而瘦骨嶙峋。

回到屋里,兰婆和小末都已上楼睡觉。小末照例打开了所有橱柜的大门,就像要在夜晚释放其中的幽灵。小末坚信那些没有意识的橱柜也需要呼吸,不然就会慢慢腐烂,尤其在这四面都是水的岛上。

5　铃铛

早上,苏夜登录了一个常去的校园论坛,翻了几篇帖子,网页却忽然跳转至陌生域名,弹出一个类似个人博客的主页。背景循环播放一段从未听过的后摇,起初是海浪击岸的轰鸣,然后是浩瀚无边的风声,吉他缓慢流淌,最后小号登场,低沉的回荡如彗星尾翼。日志寥寥几篇,主要记录一段南极往事。巧合的是,这位博主也叫K,应该是随船采访的记者,并无特别科研项目,只不过日复一日观察冰山、海洋、海豹、企鹅、船员,拍下他们的照片,记录些许重要或不重要的事件。

在最近发布的一篇日志中，K记录了探险船撞上冰山的过程。那日他们刚刚经过食蟹海豹聚集的浮冰"小镇"，他拍了些照片便回船舱休息。午后海雾重重，雾霭与冰山融合得天衣无缝，当船长发现冰山时，它像一堵忽然长高的白墙迎面压来。撞击瞬间恍如惊梦，没等大家反应过来，冰山碎块已埋住船头。所幸身经百战的破冰船在全速撤退，顺利逃脱。之后的几天，船员轮流清理冰块，修理破损，船只很快整顿完毕，重新启程。K的描写准确而流畅，就像观察显微镜头下的叶片脉络一样冷峻，完全不同于苏夜文字中喜好煽动的习性。日志结尾附上一张碎冰照片，在阳光下呈现奇异的蓝色，让她想起雾岛海域的蓝眼泪。苏夜忽然好奇K的模样，就点进了他的相册，不过网速忽然波动，页面始终没有反应，多次刷新后，连主页也一并消失。网络信号就是这样，像潮汐一样时有涨落。

近日她读了两篇卡尔维诺的小说，分别为《水族舅老爷》和《分成两半的子爵》。她突然也想尝试一番寓言式写作。构思之际，天边忽暗，一团乌云梦魇般迅速坠入更低的视界。电视里滚动着暴雨将至的信息。

这两天，家里的空房住进沉默寡言的一对夫妻。旅游旺季，兰婆常把空房间租给游客，补贴家用。这对夫妻看起来三十出头，在她眼里当然算不上年轻，不过也不至于身心衰弱。但他们好像被什么事物耗费了相当的精力和年华，一股颓唐气息从脚底盘环绕至天灵盖，就像划水到湖中央，力气所剩无几时的孤立无援。苏夜恰好读到《微物之神》中的句子："三十岁，可以活着，也可以死去。"实为贴合。旅行大概是临时决定的，手机充电器、换洗衣服、旅行规划，一概没有。以为能够走一步算一步，不料三天的行程两天都在下雨。他们又没心没肺，不带雨具，总是淋了一身湿答答回来，两人像浸入水中的衣物一样更加沉郁。一些不为人知的芥蒂也被水化开。他们站在雨中，彼此之间隔着两三个不深不浅的水田，却始终没有走到一起去。丈夫终于问店里借了把残疾的雨伞，一言不发地融进模糊的大雨里，半天未归。雨伞在上次的台风中折断一骨，所幸还能抵挡几次风雨。妻子只在旅舍中待着，似乎从一种绝望中稍微释放出来，饶有兴致地点了一碗笋丝面，吃到一半又忽然想起些什么，豆大的泪珠哗啦啦坠落。她装作毫不在意，竭力克制住悲伤的表情，任由泪水在铺满粉底的脸庞开出一条纳斯卡线。吃完面，泪水已被摇头的风扇吹干。她慢悠悠踱步到屋外宽阔的平台上，望着渐次汹涌的潮水。雨停后，她蹲在屋檐下观察水洼中落难的长腿蜘蛛。直到夜幕降临，声势浩大的蛙声四起，她才回到屋里。她的腿上隆起一片红肿的包块，有的已经被抓出了血痕。雾岛的蚊子总是又饿又狠。

夫妻的行程提前结束，预订的房费没有要回去，大床房得以喘息一夜。他们走后，房间里的黄色洋水仙悄无声息萎去。大雨滂沱，它们却因失去水分而困死瓶中。后来，黎是维家的大泡桐被人从树干底部环切，断了生路。虽然树叶暂时青葱，看不出颓势，但基本没有生还可能。

船只不断傍岸，暌离。很多人来过一次，就是诀别。这也难怪，除去一座灯塔保有战争年代的存痕，其余的自然人文并没有任何突出之处。苏夜望着那片被年迈树木遮蔽之处，似有某种气息涌动，倏地驱散心中荒芜。

苏夜打开音乐播放器，接上两个迷你音箱，播放刚刚下载的迷星和地下丝绒。黎是维丢失手机后，他们就没有再联络过。星期天早晨，苏夜发现两家共用的垃圾箱里忽然多出几只空酒瓶，它们歪七扭八地躺在一堆腐烂的瓜果中间，瓶底还残留着一些酒，让人想起那些胀满垃圾的发黑的小湖。她才确定，他还没有离开。碰巧美珍来送桑葚，她便装作无心地问："豚豚回上海了吧？""哪儿啊，说是再陪我几天，这两天也在外面写生，画画。这孩子平时学习抓紧，难得有些兴趣爱好。"

下了几天大雨，洪水突如其来。水库、湖泊的水位暴涨，海平面升高，淹没了堤岸。不可思议，狭长的公路上，人们看到小鲨鱼、糙齿海豚、梭子蟹、海龟、死去的凸眼皇带鱼，甚至还有透明的发光水母。浅海深海的生物不分彼此，游弋在文明时代的公路上，游进小镇、村落，和苏夜家的地下室。那里是一湾缩小的海洋。她看到黑乎乎的生物在水中潜行，像是水蛇或者蝾螈一类的生物。厨房的餐桌上，正站立着一只半米高的鹳鸟，它的嘴里叼着一条发光的小鱼。还好两个北方来的房客都住在楼上，没有受到积水的影响。轮船班次恢复后，房客就急匆匆坐船走了。大雨过后，政府派了救援队过来，他们扛着大型抽水泵、防洪沙袋到居民家中奋力排水。兰婆、小末、厨师和帮工都加入到排水大军中，收拾着无处下脚的残局。

当蝉声再次响起时，洪水得以平息。补习班照说该恢复了，晚上到了点，却不见开张。苏夜去厨房找到小末，问她小罗老师为什么没有来。小末绞干一条抹布，不紧不慢地回："忘记和你说了，早上就来电话请了假。放心，明朝就来。"苏夜有些失望地回到房里，破天荒做了套卷子。次日晚上，罗徙果真来了，只是脸上挂了一道彩，眉骨上贴了纱布，看得出眼睛是铁青的。苏夜见了惊呼："小罗老师抗洪救险负伤了吗？"

罗徙闷声不出气，只叫她做题。苏夜状态极佳，提前十分钟便将错题都理顺了。末了，罗徙要走，她仍然追问他负伤的缘由。罗徙只问她认不认识渡口的女孩，名叫张酒儿的。苏夜点头说认识，但不熟。罗徙便坦诚说："我们算有点远亲关系，又在同一个小学里读过书，她大我几届。她的事，我大概都是知道的。前两天晚上，我出门买烟，看到有流氓纠缠一个女孩子，我见眼熟，好像是她。这些年也听说了些事情，怕她受欺负，就上前和那流氓理论。"

"你去讲代数还是几何，他会听你的？"

罗徙假装板着脸，挥着卷起的习题簿说："我上去就让他滚蛋，还说是酒儿的男朋友。"

苏夜着急地问："怎么样？"

罗徙指着自己的伤口说："没想到，那混账上来就给我一拳。不过对方也吃了亏，我把他揿在地上揍了一顿。"

"后来呢？"苏夜又问。

"他都被我打趴下了，哪有后来啊。哦，想起来了，我把他摁着，让他背素数表，背错了，就再请他吃一拳。"罗徙诡笑着说。

苏夜朝罗徙肩膀上轻打了一下说："呸，你唬我！"

"不敢不敢，开个玩笑哈。"罗徙连忙说。

"那酒儿没事吧？"苏夜又问。

"她啊，高兴着呢，也不说来拉架。完了，我还请她吃了根冰棍。就是有个问题不知道怎么处理。"

"你说说？"

"男朋友那件事，她当真了。"

"那你就答应了呗。她那么好看，你不亏。还是青梅竹

幽灵的凉夜　137

马呢。"

罗徙哼了一声,把书理理,回家去了。

苏夜已多日没见黎是维。前两天美珍来过,帮兰婆清理院子、晾晒衣物、打扫地下室。她们家地势最高,安然无恙,但附近的居民都遭了殃。她还听新闻说,暴雨更猛烈的地方,暴发了山洪,把山下的庙宇都冲散了。苏夜又变成草原上的狐獴,竖起灵敏的耳朵,扫兴的是美珍始终没有提起侄子,苏夜有点担心他是否不告而别,但又不好意思问起。还好小末多事问了一嘴,才知道他胸闷了两天,一直在家画水彩,没有出门。

苏夜感觉黎是维就像一艘海上的小船,在风雨中摇曳着离她远去。如果把小船牵在桩子上呢?苏夜找出上周在古寺里捡来的两个铜铃,又让小末去找一捆渔船上用的麻绳。

小末正在一旁紧锣密鼓地擦席子,她说:"要那个做什么?最近家里乱得很,你别瞎弄哦。"小末道。

"做电话线啦。"苏夜说。她挨到小末旁边,帮她打下手。

"什么电话线哦?"小末问。

"就是电话线嘛。"苏夜说。

此时兰婆正戴着一副老花眼镜坐在藤椅里穿针线,穿了好几次还是搞不定,只好叫外孙女帮忙。苏夜穿了一次,线就过了针眼,兰婆接过针线开始缝衣服,她说:"让她弄嘛,小孩子能搞出什么坏名堂。我记得隔壁老易屋里有这种麻绳,你去问问看好嘞,现在又不出海了,他也用不着。实在不行,我去问他买。"

虽然小末不明所以,但还是尽心尽力地帮她置办到位。麻绳足有百米长,十公斤重。她把麻绳的一头系在阁楼外的护栏上,牵上一个铜铃。然后把麻绳抛到楼下,翻过一排两米高的篱笆、经过一棵柿子树、一片菜地,终于来到黎是维家中。她本可以走那条畅通的水泥小径,但那样的话,麻绳就会被错综复杂的树枝、电线牵制,无法发挥效用。

黎是维闻声下楼,他手里举着一杯冷泡茶,刚睡醒的样子,头发歪七扭八,像被大风刮过的稻草。"你拿这个做什么?"他看着苏夜怀里的麻绳说,"一副去海里打鱼的架势。"

苏夜紧紧抱着那捆麻绳,它已缩小一半,像被驯养的动物一样顺服。她有些生涩地问:"你好些了吗?""好多了。"黎是维抿了一口冷泡茶。"那就好。"苏夜顺势把麻绳推到黎是维怀中,然后说:"那个……你把绳子牵到你房间外面,挂一个铃铛,找我的时候就摇一摇铃铛。我那边已经弄好了。"

"用这个来联络?"黎是维露出难以置信的表情,"手机掉了,不是还有电话吗。"

"牵上就好了,又不影响你。"苏夜说。

黎是维发现苏夜的小腿上满是脓包和被荆棘割裂的伤口。"你从哪里把这个弄过来的?"他问。

"从我家到你家。"

"有一个很高的篱笆,你翻过来的?"

苏夜点头。黎是维给苏夜倒了杯冷泡茶,又拿出一个药箱,用碘酒和棉签为她的伤口消毒,最后贴上几条防水绷带。他告诫她,以后不要再走那条路,地洞里有蛇窝。他见过那蛇,头上还长了角。大概是被这种决心所触动,黎是维掷了几次,把麻绳抛到了楼上,然后系到栏杆上,挂上铜铃。他轻轻拨动麻绳,铜铃发出清脆悠远的声响,而苏夜那边也同时听到了这种声音。

那天,黎是维突然问起苏夜一些私事:"你爸爸妈妈呢?我这次回来,都没见到他们。"

苏夜淡然说:"和你爸爸妈妈一样,离婚啦。我妈去烟台做项目去了,她有很多项目,具体做什么没人知道。"

黎是维不知道她如何装出了这副轻松的样子,继续问:"你不难过?"

"这是他们自己的事,我也没办法。前两年我爸经朋友介绍,要去阿联酋做一年生意,卖摄像头。听说那个国家很富有,中国人在那里如鱼得水。他离开的前几天,不知从哪儿觅来一只野生甲鱼,据说要带到阿联酋去,感谢帮他打通关系的那位朋友，那朋友爱吃甲鱼。"

说着，临行前的一幕又浮现眼前。爸爸把甲鱼装进一只黑色桶状旅行包里，一起带去机场。和父亲分别并未让她感到特别伤心，毕竟他是去赚钱的嘛。倒是那只甲鱼，总让她想起第一只登上太空的小狗莱卡——人们只为它准备了七天的食物，从未打算它活着回来。莱卡实在可怜，在火箭上升的过程中就被舱内的剧烈震动触发应激反应，活活吓死了。这成了苏夜的童年阴影。而甲鱼的前途和命运，又勾起了这段阴影带来的强烈不适。她想恳求爸爸放过这条甲鱼，但最终没有这么做，这也成了她这几年里最后悔的事。甲鱼和莱卡一样背井离乡，奔赴死亡的命运。一个献身航天事业，一个献祭给美食家。

爸爸到了阿联酋后，打电话说起甲鱼的逸事，过安检时，甲鱼突然探出头来，爸爸赶紧用外套把它捂住。爸爸肯定地说，现场的安检人员都看到了这一幕，但没有人把他的物品扣下来，他也说不清为什么。下飞机后，一切都很顺利，检查行李的时候，却发现甲鱼不见了，哪里都找不到。后来爸爸的朋友来接他，他恍惚看到甲鱼沿着机场外的人行道自顾自爬向车流中。也不知道这魔幻的情节是真实发生的，还是爸爸的臆想。不过这对苏夜来说却是桩好事，生死未卜，总比熬成一锅汤好吧。后来爸爸在阿联酋待了两年，生意没做成，又跟着另一个朋友去了日本，终于在那边开了家面馆安定下来,这些年也组织了小家庭,和一个同样在日本奋斗的女人结了婚。

过了很久,黎是维才发现苏夜开始流汗,便起身去厨房拿冰给她吃。打开冰箱,一股好闻的寒气扑面而来。美珍的冰箱是那种老式的,冷冻仓里结了厚厚的白霜,让人想到西伯利亚,想到埋在雪中的童话世界。黎是维摸出了一块制冰格,里面的冰块竟是五颜六色的。

"怎么做了这么多冰块?"

"我好像记得你小时候喜欢吃冰的,孃孃这里正好有制冰格就做了点。你尝尝看。每一排都是不同的口味。"

黎是维又拿出一只搪瓷盆,把冰格往盆壁上重重敲了几下,冰块哗啦啦落下。

"咖啡、可乐、西瓜、橙子。最后一排是黄糖的。你要吃哪一种?"

苏夜随意选了个咖啡味的,放在舌尖。大概是温差太大,冰块瞬间牢牢黏住了她的舌头。她用手去扯,却疼得哇哇叫起来,眼泪瞬间涌出来。

黎是维扑哧笑出声,连忙说:"别扯它,当心舌头撕坏了。"他边说边抓住苏夜的手,将它们熟练地环在自己腰上,然后捧起她的脸,轻柔地用舌头去化她嘴里的冰。冰很快被他的温热融开,她尝到苦味和奶味,最后是无尽的甘甜。天渐渐黑了,屋外聚集起纳凉的邻居,他们在大聊山海逸事,话语间光怪陆离，妖鬼横行。他们感受到远处的海、林间的火、身后的黑暗和冰箱中的霜，还有彼此最微弱的星子般的颤抖。

苏夜感觉他下体的突然隆起，像某种快速成熟的果实。他本是有经验的，但面对没有经验的女孩，反倒害羞起来，无所适从。只能浅浅拥抱着她，任由心扎入深不见底之处。一种秩序被悄然打破，他们只能等待，此刻是无声的，他们听不到声音，宁静是心的昏冥。此间的欢愉像反复翻涌推岸的潮水，但他们视而不见，害怕忽然失去这巨大的幸福，唯有沉溺。

虽然他们依然被茂密的枝叶所遮蔽，什么都看不见，但只要铃铛的声音响起，两人就默契地到小径上会合。不过这种频率并不高，他们总是默契又谨慎。其实他们也可以用网络联系，但网络上的人那么多，认识的不认识的，近的远的，甚至还有国外的。一想到这个数目如此庞大，她就觉得没有"排他性"。铃铛不同，它只关系到两个人。要是断了也就断了，是仅此一次，不能重来的。

当夜，苏夜心神不宁，打电话给顾梨排解，简单讲他们小时候就认识了，又讲他怎么清秀，怎么喜见人。接着她才讲接吻的事，对方又很熟练的样子。但语言多么乏力啊，都不能描述出完整的一个他。

"接接吻倒也没什么，千万不要再多了。那种小男孩我

幽灵的凉夜

见多了,他要是白相你,随随便便。"

"什么时候学会劝人啦,你这种立场,一点没有说服力的。"

"就是我这种立场,才有说服力。"

有些事,顾梨是第一次告诉她。有了性生活以后,每个月都要担心月经不来。有时候月经滴滴答答来个没完,又怕是得了什么不好的病。青春期的少女,又不敢一个人去妇科做检查。虽然苏夜没有想那么深远,倒也觉得顾梨说得不错。只是没想到以前那个不管不顾的女孩,如今也多了一分成熟的思虑,竟让她觉得陌生起来。

一周以后,黎是维突然毫无预兆地买了回去的船票,既没留下联系方式也没有打声招呼,一大早就坐船走了。直到三天后苏夜才从小末口中听到他离开的消息。苏夜难过了几天,断了几次补习,又打电话跟顾梨聊了一夜,心情才逐渐平复。她决意切断所有联系,于是举着裁缝剪子要把麻绳剪断,无奈剪子钝了,麻绳又太粗,怎么都剪不断,只好任由它去。

6 Π

暑期过半,雾岛的旅游业冷清下来,苏夜家中也逐渐没有住客了。兰婆又开始忙活黄沙石子生意,不过生意没有以前好做。她年纪也大了，常常感到力不从心，十分疲惫，其间还因账目问题和送货的驾驶员吵了几仗，发过一次心脏病，在医院挂了三天盐水才好。

出院第二天，兰婆接到柏姐打来的电话："阿姨，有件事，不知当讲不当讲。"

"讲吧。"兰婆干脆地说。柏姐是女儿的朋友，明面上开棋牌室，暗地里放高利贷。她来电话，定无好事。

"雅雅不是去烟台了吗？据说投资什么房地产项目，但是帮她网上一查，项目根本是骗人的。雅雅哪儿都好，就是别人说什么都信，她也该上上网与时俱进。赚钱哪有那么容易，阿姨你说是伐，像我们这样脚踏实地才是正道。"

兰婆当然心知肚明，柏姐这通电话的重点是"雅雅问她借了钱"。

"小柏，你有话直讲嘛。雅雅问你借多少？"

"不多不多，七八万。"

"她说什么时候还？"

"倒是很爽快，说周转一下三天就还。阿姨你放心，钱是小事，我小柏怎么会连七八万都没有。这不是担心雅雅越陷越深吗，你也懂那男的比她小……"

"晓得了，三天以后她还不出，我亲自送钱过来。"

兰婆做黄沙石子生意时也见惯了大风大浪。建设飞机场那会儿，每天也有几万块进出。但今时不同往日，她心里清

幽灵的凉夜　　145

楚得不得了，人家叫她老板，猜测他们家底丰厚，其实不过勉强维系。要不是苏夜还在读书，她的身心早就垮塌崩裂。挂了电话，兰婆就抑制不住地晃脑袋，只要一激动就会这样，厉害起来堪比奥运会上点燃火炬的拳王阿里。苏夜赶紧翻出麝香保心丸让她吃进去，并帮她捏虎口，按摩太阳穴。过了会儿，外婆的头不晃了，但还是不舒服，像晕船。

"要么出痧了。"说话间，小末拿来一碗清水，一把瓷勺，掀起外婆的薄衫，开始帮她刮痧。很快外婆的背脊上出了几道血红的印子。

刮了痧，兰婆感觉好些了，说话也清晰起来："七八万倒是还得出，但投资房地产少说也要几十万，她哪里有钱？就怕她脑子不清楚去借高利贷，难道要我们拿命去还？我可以就当没生过这个女儿，去尼姑庵也好，去卖茶叶蛋也好，总归饿不死的。你还小啊，还要上大学……"

每次女儿出了什么幺蛾子，兰婆无外乎两个去处，当尼姑或者卖茶叶蛋。

"婆啊，庙里不会要你这么老的尼姑。再说哩，几十年了你做过饭吗？泡个面都勉强，还想卖茶叶蛋？"苏夜道。

一连三日，妈妈毫无音讯，电话也不接。兰婆已经准备叫苏夜订机票，亲自去烟台捉拿她。千钧一发之际，妈妈终于来电，说是已经把钱还了。

"只不过周转问题，你们急什么，七八万的事情。"

"我现在也管不了你，不过你要记着小夜还在读书。"

和柏姐确认妈妈已经还钱后，家里暂时恢复了往日的平静。不过还有另一件困扰苏夜的事。从初二开始，至今她已向三十家杂志社投了不下五十篇小说，皆石沉大海。收到过一些稀稀拉拉的审稿意见，要么称其不符合发表要求，要么叫她好好写点现实主义。唯有一次过了初审，最终被大领导一票否决，说什么"子不语怪力乱神"。苏夜不懂，既然《聊斋志异》都能出得，为何她的小说要算作封建迷信。这些天，她又好不容易重拾勇气，将《炼梦师》投稿给一家民间杂志社，期待地下组织能慧眼识珠。没想到编辑不日便发来邮件，直抒胸臆：模仿博尔赫斯的痕迹过重了。换作平时难过片刻也就过去了，偏在此时，更叫她雪上加霜。

苏夜心事重重，精神难以集中，尤其看到罗徙讲解几何题，那些二维平面的点线面让她格外反胃，甚至干呕起来。罗徙见她脸色不好，关心地问她怎么了。苏夜把被退稿无数次的事一五一十地说了出来。"我写得不好，或许不是这块料。要在过去的时代，手里只有一堆实实在在的手稿，肯定已经被我烧了。这些年写作辜负我太多，还有几篇投了没有回音的，我也发邮件叫他们不必再审了。"

"你才几岁哟，说话这么不留余地？布尔加科夫说，手稿是烧不掉的。他的《大师与玛格丽特》直到死后才出版，但依然不朽。文学是一道窄门,你不过伸进去半个脚趾而已,以后路还长。要受得了寂寞。"

"只怕最后卡在窄门里不进不出。"

罗徙想笑却憋住了,他放下了手中的原子笔说:"等你觉得时机成熟了,也可以自己出版。"

"自己出版?"

"这个可以以后再讨论。看你今天也没心思学习了,不如我们出去转转。"

"去哪儿?"

"街上有家游戏厅,去不去?"

苏夜马上把课本倒扣在桌上说:"那就去转转。"

游戏厅更像是一个烟民俱乐部。一入内,苏夜顿觉头昏脑涨,无处遁逃。很快,罗徙被几个叼着烟的青年男子招去打桌球,苏夜不想跟去,就一个人在大厅里打太鼓达人,不过那对鼓槌特别沉,打了一两首就挥不动了。游戏厅里没有空调,只有两台大风扇,不断把浓重的烟味遣送过来,苏夜呛得不行,只好躲进附近的小卖部里换换气。她要了一瓶芬达汽水,喝完还要把瓶子还给店家,于是索性搬了张凳子坐在小卖部门口笃悠悠喝起来。实在无聊,就看小卖部的老板打露天麻将。

说起来她也算是麻将世家出生,爸爸妈妈还要好的时候夜夜开麻将 Party,全家麻将打到昏天黑地,家里三个月就要换一批牌友。也曾被邻居举报,被联防队突击捉赌。五岁时苏夜就认全了所有麻将,连牌桌下的手势暗语都能通晓。大人不在时,还用麻将牌垒起城墙堡垒,上演战争传奇。偶尔也有荡气回肠的言情戏码,男人就是东南西北中发白,女人就是春夏秋冬梅兰菊,情节逃不过跌宕起伏的多角恋。现在回忆起来,这个学龄前儿童的思想真是叹为观止。即便如此,苏夜却从未真正打过一场麻将,就连不做输赢的小打小闹也从未有过。

苏夜故意磨磨唧唧,小口啜着汽水,就是不把它喝完。一桌人麻将打得热火朝天,突然有个老头输了不认账,把牌桌一掀站起来拍拍屁股就走了。剩下的牌友骂了一会儿,无可奈何也很快散去。小卖部老板终于注意到苏夜,她一边收拾"残局"一边问她是否在等人,苏夜闷闷地点头,突然有一种失足跌落的感觉。

罗徙终于出现,他猫一样走过来拍了拍苏夜的肩膀说,回家吧。

苏夜被吓得一激灵,猛一抬头,发现是他,便努力收着笑意说:"这么早,不多玩一会儿?"

"没打完,提前认输。"

"为什么没打完?"

"怕你想我啊。"罗徙轻飘飘地说。

"管我干什么,我挺好的。"

"一想到没有我你有多无聊，就赶紧来了。快走吧，时间不早了。要是把你送回去晚了，就没有下次了。"

苏夜看得出，罗徙已经找了她一会儿，有些倦热。她把汽水递给他："喝掉吧，喝完才能走。"罗徙接过汽水仰着头一股脑喝完了，液体随着起伏的喉结流入他的体内，很快消失，少顷化作一个饱嗝，释放出灵魂。

路上罗徙问她："你不喜欢打游戏吗？"

"不喜欢，一点都不喜欢。从小就品不出打游戏有什么意思。"

"那我们以后再也不来了。"

"你可以自己来嘛。"

"其实我也不怎么喜欢。"

他们的对话变得简单直接，不再像"师生关系"，而是像苏夜小时候摆弄的那些麻将小人会说的"台词"。过了一会儿，罗徙突然没来由地提起一个表叔："忽然想到小时候他带我来玩，所以就故地重游。不过真的没意思，人长大了就不容易满足。以前游戏厅对我来说就是天堂。"

"那你表叔现在在哪里？"

"不在这里了。"

"初见小凌阿叔，我才上小学三年级。小凌阿叔二十出头，五官长得蛮草率的，说不出个具体形状，笑起来皱纹横生，比实际年龄大了五岁不止。也不工作的，我妈说他靠投机倒把赚点零用。那时我们家刚买了台大彩电,他总是扛着自己的一套游戏设备过来打超级玛丽。表叔的具体名字不详,我也没问起过,反正平时就唤他小凌阿叔。不打游戏的时候,小凌阿叔喜欢一边抖着二郎腿,一边搔着油腻的乱发和我讲故事。小凌阿叔说,美国宇航员的登月制服是一家文胸公司制作的,所以宇航服相当于一件超大型文胸。最有意思的是,小凌阿叔还有一把神枪,其中的子弹是用天狼星的角制作的。"罗徙眼神闪亮地说着。

"天狼星的角?"苏夜一脸疑惑。

"就是天狼星发出的星芒。那时相信得不得了,做梦都想摸一把。不过小凌阿叔说等我二十岁才能给我。"

"为什么要等到二十岁?"

"因为天狼星离地球很远,所以要度过漫长的时间才能收集到足够多的星星角制成子弹。"

"倒是无法反驳,可怜你年纪小,被他骗得团团转哦。"

"倒也没有怪他。我披星戴月,苦苦等到二十岁,那时小凌阿叔早就不在雾岛了。听说他辛苦跑船,后来定居深圳做服装生意,不知怎么的因为经济问题吃了两年官司,也就没有消息了。虽然一共也没见过几次,但小凌阿叔对我影响很深。除了那把手枪,他还有一个经典故事我百听不厌。"

"说来听听呗。"

"在雾岛,人们之间的梦是会互相传染的,比如你的梦到我的梦里，我的梦到你的梦里。"

虽然无从考证，不过直到现在罗徙依然津津乐道。小凌阿叔告诉他，只要住得够近，就有可能发生。邻里之间夜聊时梦境互相入侵的事件不绝于耳。岛上的居民会梦到自己现身于从未听说过的国家，甚至自然地说出陌生的语言。当他们在梦中自如地使用英语、法语、德语、希伯来语或者阿拉伯语时，他们会感到一种难以言表的自由和沉醉。醒来时，他们也不会完全失去这种能力，在日常生活中也能偶尔准确地蹦出几个外文单词，因此一些居民会在梦清醒之后学习语言、舞蹈、绘画、乐器甚至是数理。即便这些学习过程总是浅尝辄止，也能带给他们无与伦比的幸福体验。有些人甚至还会做一些动物的梦，梦到在浑浊的水域中和光滑的海鱼交配。

即便是初来乍到的游客，也可能会被卷入这个区域的"社会性梦境事件"中。小凌阿叔便是其中的亲身经历者。事情大概发生在千禧年前后，那时小凌阿叔已经是个白相人了，靠拳王 97 和饿狼传说称霸游戏厅。一天，他在游戏厅认识了一个北方来的女孩，名字动人，叫坛蜜。据说和家里闹了矛盾，跟着一个网友到这里玩。玩了几天，网友回去了，她还不想走。钱花得差不多了，住不起旅馆，就在游戏厅里打发长夜。小凌阿叔见她长得蛮漂亮，就请她打饿狼传说，两人打到天昏地暗，无数的虚拟小人被撕成两半血肉横飞。打完游戏他们蹲在路边喝啤酒,坛蜜忽然说起,昨夜梦到溺水,大腿上还吸着一只蠕动的章鱼。不一会儿章鱼似乎化成液体,顺着大腿根部溢下来,但这个梦似乎不是她的梦,而是一个陌生男人的梦。就像两个不相干的频道串了线。小凌阿叔用力一拍大腿,那正是昨夜他做过的春梦啊。两人深觉不可思议,晚上约定一起睡觉,再做一次实验。

后来呢?苏夜问。

小凌阿叔说,那晚他们确实一起睡了。不过等他睡着,坛蜜就跑了,还偷了他的皮夹。

苏夜当然想起了小时候玩过的游戏,但她什么都说不出来,那是她心灵上的一个缺口,是无法诉说的。她只是困惑,这些飘浮的梦境从何而来,它们是否赤裸裸在午夜游荡,等待被途经的灵魂捕获?

往事与往事重叠在一起,形成了新的历史。他们并肩走着,很快经过新第谷——当然那只不过是公路旁一片荒芜的平地。前方是绵延的新哈得利月溪,和波涛汹涌的"新酒海"。而他们居住的微微隆起的小山坡,则是著名的新西奥菲勒斯山脉。罗徙喜欢用一些月亮上的景点命名脚下的土地,就像约克和纽约。雾岛成了另一个月亮——他们崭新的殖民地。

那天夜里,他们辗转难眠,晚上十点半,两人又相约夜游。反正，怎么说他也算是我的老师，老师应该不会做什么坏事，被发现了最多就被骂一顿。苏夜这么想着，趁大人们睡熟时偷偷拔开后门插销，潜入黑夜。罗徙正在夜班车站等她。他们见面，相视一笑，经过四十分钟的车程，到了落部。苏夜跳下车，步伐轻快得像一只刚刚学会跳跃的羚羊。到达灯塔后，罗徙熟门熟路地用两包进口烟和灯塔长换了钥匙。

"不愧是高才生，什么都算好了。"

"不能让你白跑一趟。"

灯塔是混凝土的砖石结构，墙壁上有不少弹洞，是战争留存的痕迹。罗徙伸手摸了一遍，苏夜也跟着摸了一遍。就像在抚摸陈旧的伤口一样。

塔顶是铁黑色的，安装了风向板，就像一把巨大的黑伞。两人像啮齿动物般钻进灯塔，周遭弥漫着一股往事的霉味，楼梯很窄，只容许一人通过。旋转楼梯如雨林蟒蛇般绵长没有尽头。罗徙冲锋在前，苏夜紧随其后，她怕身后的黑暗追逐，走得快了，整个撞到他身上。那干净的皂味骤然变了，一时说不清是什么复杂味道。

他们攀到设有观景台的那一层。来到廊外，感受海面吹来的微风，闻到腥味。他们的上方就是灯塔的主体——牛眼透镜。灯塔不断闪烁着，但正由于离得太近，反而什么都看不清，一切都被照得太亮而失去轮廓，甚至不知道什么时候起雾了，直到雾角响起，浓重的雾气在他们周围弥散开来。

他们离开灯塔往海边去，雾越来越大，已经看不到任何景物，只有海水的声音。他们还未意识到任何危险，直到雾角又一次响起，他们才感觉到害怕，噌噌往回跑。但是雾太大了，好像永远跑不出这片看似不大的浅滩。突然脚边的潮水得了心智一般，不断把他们往暗域中拉扯。远处传来隐约的呼叫声，循着声音的源头走去，忽见迷雾中浮起一艘木船的暗影，罗徙拉着苏夜往船边靠近，慢慢地见一老渔夫正在招呼他们上船："快上船，快点快点！"

两人艰难登上船后，船体开始剧烈摇晃，几分钟后，船已经漂浮在海上了。

"老伯伯，这潮怎么来得这么急啊。我们在浅滩上走的时候明明还是退潮。"罗徙问。

"你不是住在水上，怎么一点经验没有？"苏夜道。

"其实我没出过海。"罗徙抓了抓头说。

"再晚一点你们小命不保哦。我平时也是不敢来的，但最近失踪了个老头，尸体到现在还没找到，就想出夜班过来捞捞看。老头子没捞到，倒是捞到两个小孩子。"老渔夫说着，又给他们一人倒了一杯凉水，他们咕噜咕噜喝起来。

"老伯伯，那尸体会不会是被鱼吃了才找不到？"苏夜问。

"也有可能，我也就是碰碰运气，他们家属愿意出钱。"

"老伯伯，你知道这里的潮汐是怎么回事吗？"罗徙插话道。

"不好讲，以前也有科学团队到这里，测过这里的子午线，好几个位置的时间都不一样。"

两个年轻人面面相觑，还想再问点什么，老渔夫却急着要去开船。他指着船舱里一张小木桌说："靠在上面睡一会儿，醒来就靠岸了。"

"靠在哪个码头呀，落部还是初部？我家人早上起来看不到我会报警的。"苏夜急问。

"真要报警了，会把我先抓起来吧。"罗徙看着苏夜说。

"这时候就不要开玩笑了，很烦哎！"苏夜瞪了罗徙一眼说。

"早上五点钟不到就能靠初部码头了。"老渔夫说。

事已至此，两人只好乖乖待在船上，趴在小方桌上聊天。小方桌是被固定在船体上的，纹丝不动。虽然浪大得出奇，但抱着桌子让他们心安。

"对了，你和酒儿怎么样了？有天看到你们在杂货店门口说话呢，本来想叫你，看你们热恋的样子，又不好打扰。"

"确实谈了几天的。"

"还真的谈啊？"

"我怕她伤心，就答应和她出去约会。那天，她是和我谈分手呢，嫌我太无趣了。"

"我看也是,你肯定让她背素数表了。"

罗徙掐了一下苏夜的脸颊肉,苏夜抱着脸,哇哇叫疼。罗徙赶紧松开手,连声道歉。苏夜又嘿嘿一笑说,我装的。一阵嬉闹后,两人困倦了。

罗徙的声音变轻了:"你呢,和你的小男朋友怎么样了?"

苏夜刚打了个哈欠,又突然不困了:"什么小男朋友?"

"有一天,我来早了,看到你们在后山的竹林里。听说他是你邻居?"

苏夜顿时睁圆了眼睛:"我们什么都没发生的,也就是,也就是亲过而已,反正已经结束啦。"

罗徙见苏夜的脸上明显带着一丝忧伤,便不再说下去。苏夜的忧伤没有持续很久,她喜欢这夜晚,也喜欢这惊心动魄的奔逃。过了一会儿,船摇晃得不那么厉害了,她又说:"你那么优秀,想上的学校上了,想读的专业读了,就没有什么遗憾的事吗?""真的想听我说?你都快睡着了。"罗徙轻柔地说。"你说,我听着呢。"苏夜说。

"小学二年级时我曾被体育老师选去田径队练习长跑,也是这样的夏天,每天早上六点就到校了,然后开始跑步。我很珍惜那个机会,因为田径队会给每个孩子发早餐,还有两套运动服,两双球鞋,都是免费的。后来跑到中学,一次体能测试,我被测出心率过快,父母也担心影响学习,就没跑下去，挺遗憾的。"

"你的心脏没事吧？"苏夜有点担心。

罗徙指着自己的心脏说："你摸摸，比一般人跳得快些。"苏夜把手掌贴到了他的心脏处，扑通，扑通，让她想起那天在堤岸上看到的玫瑰色闪电。"是比一般人快些，而且越来越快了。"罗徙感觉到自己的呼吸有点急促，他不得不推开苏夜的手，又调整了下呼吸。"去医院检查过，心脏瓣膜先天不健全，说不定不到三十岁就死了。"他说。"呸呸呸，你快对着桌子打三下，这话可不作数！"苏夜忙说。

罗徙乖乖敲了三下桌子，算是抵消。苏夜从一个斜背小包里拿出一只黑色胶囊般的 Mp3，连上耳机，一只放进自己的右耳，另一只塞进罗徙的左耳。

"是什么歌？"

"Pink floyd *Wish you were here*，我的歌单榜首之歌。你呢，歌单第一名是哪首？"

"伍佰的《彩虹》。"

"第二名呢？"

"《怎么办》。"

"谁的歌？"

"张震岳。"

"哎，你太土了。"

罗徙只是笑了笑，并不责怪她。他们大概很快睡着了，开始做梦，梦到星星和大海，分不清自己到底在天上还是地下。

自黎是维不告而别已一月有余，暑假临近尾声，罗徙也即将离开雾岛，去南京上学。因苏夜的成绩没有显著提高，原定的补课费罗徙只收一半。于是苏夜托顾梨在专卖店买了件 NIKE T 恤邮递过来，送给罗徙。

"那个小罗老师，又不是你男朋友，对他这么好做什么。这么快就移情别恋了，不想你的豚豚啦，你们都接过吻了哦。"顾梨在电话里说。

"不提他了。罗徙是我的老师，尊师重道我是知道的。他很节俭，T 恤只有两件，晒得发白发黄，衣领都变形了，大概在存钱买新的天文器材。这是婆和我商量后决定送他的。"

"他连补课费都不收全，这个会收？"

"别看他讲话不正经，平时还是很懂人情世故的，他肯定知道这里买不到这个衣服，要从城市里邮寄过来，想到这个，他是不好意思不收的。"

土星冲日当天，罗徙邀请苏夜到渡口观星，他就住在那里。居家船比苏夜想象中的大上一倍，竟是双层的，有厨房、卫生间、小客厅，地面上铺着光洁的复合地板。这里比她想象中干净许多，没有任何奇怪的气味。这天罗徙穿了新

幽灵的凉夜

T恤，下身穿着一条茶色丹宁短裤，全身依然散发着皂味。苏夜忽然明白，为了驱散浓重的咸腥味，他们一定用了比平常人家多几倍的洗涤剂。"你穿黑色好看。"苏夜突然说。"那以后就多穿黑色。"罗徙脸红着说。

罗徙的母亲正在客厅里看韩剧，见儿子的朋友来了，便拿出刚烤的糯米糕和小鱼干给她吃，糯米糕不甜，有股花香。小鱼干倒是甜的，应该是蘸了酱汁。罗徙的母亲言语不多，但总是笑着，好像心头有一件持续让她保持开心的事。罗徙匆匆到楼上拿了望远镜下来，望远镜很大，下楼时差点没抓稳，幸亏苏夜扶了一把，她问："为什么不在家里看？""你房间视野应该很好吧。水上会晃。"他说。"你们晚上睡觉会晃吗？""会的。"他回答得很干脆。

他们在渡口的空地上架好了望远镜。远处就是开阔的海，树还很远，天空大片裸露出来，蜿蜒的星空和海里的荧光相映成辉。黄道上的天蝎座、人马座和摩羯座异常明亮。星空低到近乎坠落地面，远处的灯塔化作一个微弱的点，不仔细分辨，恐怕要把它也当成星辰中的一员。虽然有台风过境的消息，但那夜却闷热异常，树叶纹丝不动，一点风也没有。当调试完器材时，苏夜忽然对他说，我们拍拍手吧。

"为什么要拍手？"罗徙不解。

苏夜举起罗徙的左手，又抬起自己的右手，将两个掌心合在一起，轻拍两下。然后说，有风，凉快。罗徙马上领会，他又与苏夜合掌拍了几下，确实有风。

罗徙用寻星系统找到了木星，调整完参数和焦距，木星的形象很快显示在计算机荧幕上。

"从化学成分上看，木星和土星差不多都是氢气球。"

"还是地球最好。有蓝天、白云和大海。"

"有些星球有硫酸云和液氨湖。也很美丽，不过人类不能在上面生存，于是就没有那么美好了。"罗徙又指向木星上的一块红斑说，"你看这里。"

"看到了，像一颗红色的眼睛，这也是陨石撞击的痕迹？"

"这是木星上的风暴，又称大红斑。这场风暴可能持续了 200 到 350 年。视宁度好的时候，都能观测到。地球上的风暴最多半个月就寿终正寝了。"

"持续了两三百年？太厉害了吧。"

"1979 年旅行者 1 号和 2 号相继飞掠木星，拍摄到大红斑。那时它要远远大于两倍地球直径。要知道把地球像一张兽皮那样平铺在木星上，不过就是一个非洲大小。根据现在地面望远镜观测的结果，如今的大红斑却只有当年旅行者号拍摄的三分之一大小。"

"一开始的数据有误还是……"

"嗯，它在消失。"罗徙的目光离开计算机屏幕，投向深空，"总有一天它会在木星表面消失，届时这只红色的巨眼就会永远闭上。"

苏夜感受到一股无形的力量正在把他们悄无声息地拉开，他们甚至不用走动，就能感受到地面和空间在自行生长。后来他们又说起夏天后的打算。"去年我旁听过一次学术会议，被西澳大学的一位教授的报告震撼了，在那里我第一次了解到引力波这个概念。"

"什么是引力波？"

虽然苏夜曾阅读过一些科幻作品，但引力波这个概念还是第一次听说。

"那是一种宇宙诞生时期的黑洞碰撞所产生的涟漪，是宇宙拨动的琴音。其实你也见到过。"

"我还见到过黑洞碰撞哪？"

"可以这么说，电视机里出现的雪花就是电视天线接受到的微波信号，而其中的百分之一诞生于宇宙大爆炸初期，是光线无尽拉伸后的残余。"

"能说得通俗些吗？"

"那些雪花中的一部分，是宇宙大爆炸那会儿传过来的，可以说是创世的余晖吧。"

苏夜感觉罗徙的描述准确简洁，暗含诗意。

"其实我也很喜欢天文的，小时候看《十万个为什么》，还在那本天文书的封底上写着谢谢编者，以后我一定要成为一名天文学家，探索宇宙的奥秘。"

"现在开始也不晚。"

"你见过物理从未上过六十分以上的天文学家吗?"

"天文学家赫歇尔以前可是一个音乐家,后来迷上数学才进入天文领域。"

苏夜仿佛看到深不见底的宇宙之心,而瞬间,一切又离她远去。

罗徙清了清嗓子说:"你的数学进步很大。"

黑夜从四周骤然升起,天似乎更暗了。

"不瞒你说,考卷上除了填空题和前半部分的计算题,其他题目对我来说都是天书。遇到选择题我一律选 B。正确率比我认真做一遍还高呢。"

"这么看来,你对数字和概率的敏感是天生的,如果假以时日,好好复习,你会有很大提升的。时间还很充裕。况且,我高中时期的文科成绩都没你好。对了,以后想考什么学校?还从未听你说起过。想读中文系吗?"

"还没想好,研究文学太没意思了,但有一件事是确定的,无论如何我都要创作。只有这件事百分百确定,万分万确定。"

时间已近晚上九点,苏夜要回家前忽然发现渡口的码头上还牵着另一艘奇怪的渔船,船头蒙着一块红布。

"这是谁家的船,为什么蒙着布?"

"这船回来有一阵了,不知是谁家的。我们渔家的都是画了眼睛的,有了眼睛,在海上航行能得到神的保佑,平安归来。但是只要岸上有丧事,就要蒙住它的眼睛。不然的话,不吉利。"这时罗徙忽然从口袋里掏出一张 π 的卡片,对苏夜说,给你做书签。苏夜仔细清点,一共写到圆周率小数点后的 89 位,把整张卡片都写满了。

苏夜卖弄地说,无限不循环小数嘛,如果想写可以一直写下去,直到无限。

"那你知道 π 可能包含着一切吗?"

"包含一切是什么意思?"

"理论上说,圆周率里包含着所有已知的数字。无论你想找什么数字,都能找到。比如 123456,它就会出现在 2 458 885 位。连续的 8 个 8,就出现在 π 小数点后的 46 663 520 位。"

"什么数字都有?"

"什么数字都有。现在有很多网站都能查到 π 后的数位。"

罗徙给苏夜写了个网址,告诉她如果想查的话就去试试看。

他们又沿着堤岸走了会儿,远处的岛礁逐渐被浓雾吞噬。尚未到达的船只不断闪烁,努力捕捉灯塔的光。它们顶着海风、打着冷战远道而来,似乎只是为了听到雾角。他们从围海大堤一路滑翔而下，赤脚走在浅滩上。这里看似松软，实则崎岖密布，到处都是凸起的多边形。海水中的蓝色发光体随着菱形波纹汇集成蓝色旋涡，旋涡急速飞转，形成一个中空的黑洞，正将周围的鱼群、海藻和底栖生物一并吸入。他们终于感到恐惧，狂奔着往岸上去，没有方向地四处乱跑，差点闯入一处无人看管的墓地。

几座墓碑近在咫尺，爬满了棕绿色的不明植物。它们被一扇完全生锈的铁门围住，轻轻一推，铁门发出旷日持久的叹息。他忍不住想，自己死后会不会被埋在这样的墓地里，成为日后的骇人之物。

这时他们的眼前冒出一棵巨大的樟树。树干周围的叶子不断回旋，形成几个微型旋涡。除了风摆弄树叶的声音，更暗处还有些许胆战心惊的虫鸣。忽然，树干间传来奇怪的声音，像是老人发出的毫无羞耻和遮掩的打嗝声。她觉得冷，就钻入他的怀里。一阵不寻常的凉风灌入两人的领口，使他们在八月的夜晚瑟瑟发抖。那一刻，她意识到那个夏天已经结束，且永远不会再现。

"你唱首伍佰的《彩虹》吧。"

"不会。"

"那唱张震岳的那首。"

"不会。"

"那我唱，哎，第一句怎么唱来着，你起个头。"

"你是我唯一的美梦啊,也是我唯一的烦恼啊。怎么办……"

所有的体验都是全新的。他们看见粗壮的树干有一块树皮明显突出,呈现奇特的光泽,似有新鲜事物正要发轫。他着迷地伸手去摸,一块树皮毫无预兆地掉了下来。她马上将它捡起,轻轻抚去上面的土。她将树皮举起,放到了他的眼前:"你看,上面有两个孔,好像面具啊,正好能盖住你的脸。"

回到家后,苏夜按照他给的查π网址,果然查到了自己的手机号、学籍号、身份证号,还顺便查到了黎是维的生日,原来他们早就包含在π中了。她来到窗边,看着麻绳上的铃铛,那头空荡荡的,没有人。苏夜知道他不在家,但还是摇了摇铃铛,"叮当"声并不恼人,但惯性和不断吹来的风让它响个不停,最后苏夜握住了麻绳控制了一会儿,它才渐渐平息。

7　写下的亲吻不会到达目的地

黎仕忠去云南后,把上海的房子留给了母子俩,但祝小岑和魏老师结婚后,却不愿住在这里。很长一段时间,他们都住在学校的教职工宿舍里,一家三口挤在二三十个平方里,厨房是公用的,上厕所要跑过一个四面穿风的走廊。祝小岑没有再生育,但在黎是维上高中那时领养了一个女儿,现在已经读小学。后来在他们学校附近买了幢复式公寓,黎是维几乎没有去住过。上大学后,他就独自住到老公寓里来了。他与父亲已有四五年没见,平日里有些稀松的联络,知道他又有了新的女友,1985年生人,是个诗人。父亲出资为她出了一本诗集,寄来一本,写得不错,一半师从叶赛宁,另一半模仿杨牧。

虽然黎是维读了商科,却并没有放弃画画。他画了好些年水彩,也喜欢过一些超现实和野兽派画家。直到他在图书馆的原画集上看到了安德鲁·怀斯的画时,绘画的热情忽然凝滞住,不知道自己还应不应该画下去。

怀斯有强大的写实能力,他一生没有离开宾州,每一幅画作几乎都能在故乡中找到原景,但他的美学趣味不在于单纯地呈现风景的原貌,而是捕捉那一瞬间的心灵图景。当目光离开那些缺乏色彩的蛋彩画时,画才真正开始诉说。草地,是怀斯喜欢表现的主题。他常描绘枯黄的甘草上的风景,在一幅名为《被践踏的杂草》的蛋彩画中,枯草几乎占据了整幅画面,人的视线会不自觉地落在画面的中心——农民的靴子上。这幅画在怀斯的所有画作中不足为奇,他只草草扫了一页便翻过去。第二次看到这幅画时,他才发现了更多的细节,在枯草星球的右上角,能看到清晰的地平线上巍然屹立的树林和雪山,虽然只占画面的微小一角,却无异于发现了在满月掩映之下的河外星系。在怀斯的画中,蕴藏着一种他为之仰望的秩序,他很清楚,这是他一生都无法企及的,因此他没有必要再画了。

黎是维从美珍孃孃那里得知,苏夜也在上海读大学,比他低两级。于是他就在社交网站上寻找她的名字,感谢网络时代,轻易就找到了。

苏夜穿着一件杂灰色费尔岛提花式样羊毛衫,下面穿着一条灰棕色呢子百褶裙,化着淡妆,头发随意披散着。差不多就是这样,她当时的面貌。她坐了几路公交,几站地铁,很快就到了。黎是维在地铁口等她,下小雨,他撑伞,带她出地铁,在附近的便利店买了香烟、饮料和一盒避孕套。没走出几步,就到了永安新村。

他的房间小而温馨,还保留着很多儿童时期的物件:灌篮高手海报、狮子王墙纸,床底下有一只滑板、一副拳击手套,也许还滚落着几颗弹珠。储物柜里站着一只巨大的大力神变形金刚,这间屋子的守护神。房间里并没有苏夜所期待看到的画作和昆虫标本。

黎是维带苏夜挤进那个吊诡的储藏室,母亲已把千万岁的地质层撤走,取而代之的是一具空壳子。他不知道为什么这么做，反正就是要带她看。这里的吊诡，只有她说得清楚。

"这里无限大。"苏夜说。

他们躲着，像小时候一样，蒙在被子里，躲到桌底下，藏到角落里，幻想着濒临恐怖。他们挤在转个身都要散架的空间，身体贴着身体，好像回到了吃冰的那个晚上，他用舌头去化她嘴里的冰。他的手是热的，放到冰上，就成了水，在她身上周流。她把手伸进他的神秘地带，生殖器是光滑有力的，让她想起生机勃发的奇特菌子。他在呻吟，在发抖，抖落前尘往事。他是秩序的发明者，又率先退出游戏。"我们到外面去吧，这里太小了。"

夜晚驱离了他们。

公寓处于顶楼，客厅天花板上开了扇天窗，覆盖着秋天的落叶，枫香、银杏、梧桐、鹅掌楸。他们并没有在房间做爱，而是在客厅的沙发上。他吻她的下巴、肩膀，柔软的乳房，是雨后桂花溢出的甜味和茶味。他进入她的身体，依然是凉的，水雾弥漫的。她紧紧环绕着他的脖颈，不自觉被他身后的天窗吸引，五彩缤纷的落叶空隙中射来一束亮光，她惊呼一声："月亮。"他愣了一下，但没有完全停下来，又缓慢地沉溺进去。雨后，月亮偶尔摆脱云层，运行至此，是雪白的半月，安静得像一张睡脸。

苏夜忽然想到安彼，她就在落叶背后，透过天窗沉静地看着。

他们越是做就越是陌生，仿佛往旧磁带里录进新的嘈杂，擦去本来的歌曲。月亮只出来一小会儿就躲到了云后面，接着又下起淅淅沥沥的小雨。他说了一些后来的生活，关于学业、家庭以及未来的打算，一切按部就班，不曾偏离航道。想考什么学校就考了，想读什么专业就读了。

"An apple a day keeps the doctor away. 我记得你每天都要吃一个苹果，又不吃冰，保身价。"

"An apple a day makes Jack a doll boy. 我不喜欢吃苹果的，吃苹果就是受苦。"

"那为什么还要吃呢？"

"我妈妈说，吃苹果健康，雷打不动，每天削一个苹果给我吃。到了雾岛，她还要打电话给我孃孃，叫她削给我吃。孃孃不敢抗旨，也每天给我一个苹果。苹果，就是我和大家的羁绊。现在她们不在身边，我也没必要受这份苦。"

苏夜没有说话，也没有发现自己哭了，直到一粒大泪珠倏地滚落下来，钻进嘴里。黎是维第一次见她哭，觉得她愈发陌生了，只能用吻去尝，去重新辨认。苏夜不去看他，眼睛瞥向窗户，什么都没有了，暗了，缤纷的落叶熄灭了。

她谈起母亲，当初被一个男人骗去烟台做项目，一走就是三年。还回来干什么呢？我已经和她不熟了。先是烟台，后是青岛，问是什么项目，从来讲不清楚。一会儿做建筑工程，一会儿又要开美容院。八竿子打不着的生意一个接着一个，大把的钞票投进貔貅里去。最后灰溜溜回到家里，欠了一屁股债，无力偿还。婆只要不拿钱，她就生一场大病。隔三岔五，还有讨债的找上门，都是二流子，债主雇的人。婆卖掉了罗汉松。那是她结婚那年栽下的。我没有爬过那棵罗汉松，它长得慢，五十年才长出个样子。如今就这样被人挖走，连根带树，绑在一辆卡车上，运走了。

黎是维说，我们结婚算了。

苏夜没有接这哄人的话。他是没有当真的。否则他应该解释上一次为什么不告而别，而不是一见面就去买避孕套，没有丝毫羞耻，一切都摆在收银台上，熟门熟路。那她又是为什么到这里来呢？似乎是为了自投罗网，继承母亲的沉沦。她无声啜泣，大概睡着了。

苏夜猜测，他有一个正式交往的女朋友。所以他们的关系顶多维持在肉体层面。但她没有说破，还不到时候。她原是去找安彼，却找到了他，忘不掉的。那半年，没课的时候，就到他家里，做爱。顶多过一夜，第二天早上他送她去地铁站，回学校。他们不曾互赠礼物，不曾在外面吃饭，更没有正经约会过。

有几次，她说不再来了。他又马上说，不行，离不开你。但他没有说爱，不知是拖延还是本来就没有。大二的时候，苏夜逐渐适应了校园生活，交了新的朋友，又找了份兼职，做枪手写剧本，写完挂别人的名字，但好歹开始赚钱了，生活忙碌起来，逐渐没有空闲再到黎是维那里去。

几周不见，黎是维又拼命打电话叫她去。她说，不来了，倒像是应召女郎。他沉默片刻，又连声道歉，不知所措起来。她说，开玩笑的，没课的时候过来。

那天，苏夜送他一张黑胶碟，平克·弗洛伊德的《迷墙》。黎是维破天荒带她去逛街。走出永安新村她才知道，这里离徐家汇那么近，吃完西餐，他又要买花。她觉得捧着花束走在街上是做给别人看的，于是让他买了盆栽，恰好是真宙。"可持续的，养在家里。"

"也好，这样你每次来，都能见到。"

苏夜轻笑一声。他们又回到公寓，她提议在书桌上做爱，她的身体朝他打开，朝他诉说。虽然是秋天，气温却忽然升到二十度，房间里有些闷热，于是就打开窗户，拉上窗帘。不远处的上体馆传来演唱会的喧嚣，掩盖了他们的喘息。

洗完澡，苏夜从刚才的书桌上发现一本《特兰斯特罗默诗选》，随手翻开："致电蜃景的岛屿是可能的/听见灰白的嗓音是可能的/对于雷霆，铁矿砂是蜂蜜/与一个人的密码生活在一起是可能的。"

这些诗句像湖底浮出的史前化石，是建造迷宫的基石。苏夜说，你快来。

黎是维手机突然响了，支支吾吾说了半天，挂了电话，他才皱着眉头，吞吞吐吐说是前女友打来的。"她要来拿东西。"又解释，"她不住在这里的，只是有几本书在这儿。"

苏夜没有问他到底是前女友，还是现女友。没有这个必要，她只是感觉受到了折辱。"你和她说，我在这里。"话已经说出来，就不算僭越。

黎是维苦着一张脸："我叫她不要来了，但她已经到了，在小区外面了。"

"那我出去吧。"

"等我半个小时就好，她就在附近，拿完就走。我会发消息给你。"

黎是维给她一把伞，一件外套，说了谢谢，又说了抱歉。苏夜在外面等了一个钟头，还是没有等到消息，她要走了，留在他家的隐形眼镜盒、发箍、内衣，都不要了。

这时，她忽然听到一阵狗吠，转身一看，原来是一只可怜兮兮的母狗朝她叫唤。它骨瘦如柴，乳房耷拉着，叫了几声，又低下头，恳切地看着苏夜，像是在求助。她跟着母狗走到另一栋居民楼，在贴着墙壁的水管里传来小奶狗"呜呜"的求救声。"你的孩子在里面是吗？"母狗听不懂她的话，但好像知道了她的意思，绕着水管走来走去，非常焦急。苏夜又给黎是维发了一条消息："你能出来一下吗？"

黎是维没有回复。于是她撩起袖管，趴在地上，把手伸

幽灵的凉夜　　173

进了水管里，她艰难地探手进去，越探越深，终于摸到了小狗肉乎乎的屁股。原来是头被卡住了，她还摸到了很多潮湿的淤泥，想必就是卡在了淤泥里，再这样下去小狗就会窒息。苏夜感到非常绝望，她想去找黎是维，让他去找物业帮忙，但是又不想去打扰他和前女友的会面。又过了一会儿，她见到那栋楼里走出一个居民，便问了物业所在。当苏夜和物业的工作人员赶来的时候，小狗已经没了声息，而母狗还在原处哀吠。

黎是维再也联系不到苏夜，在网络时代，找到一个人，或失去一个人都是再简单不过的。他这才发现，连她读什么专业都不知道。他回过一次雾岛，邻居告诉他，兰婆身体不大好，在卫生所挂水，小末陪着。小姑娘不大回来。

美珍孃孃也不在，宅院里的广玉兰被人环切，已经死去了。是一个疯了的人干的，从手腕细的小树苗到几百岁的古树都不放过。警察拿他没办法，每次抓进去关几天就放出来，谁也不知道他为什么这样做。他的环切手法干净利落，只取树根之上 100 公分处的树皮用锋利的小刀割下，伤口环绕大树一圈，宽度仅 20 公分左右，完全切断了养分供给。虽然广玉兰看起来依然丰茂，实际已经死去，只是树的生死刻度与人类不同，一时半会儿是看不出来的。它的树瘤里，还住着一只雌性赤腹松鼠，正在孕育新的生命。这是他攀爬的第一棵树，它的主干细腻、光滑，丝毫不扎手，但树皮上天然预留着小小的凸起,好像本来就是为了供孩子们攀爬才长出来的。它的树叶也是肥厚、丝滑的,像祖辈一样慈爱宽厚。那些奶油色的可人花盏就藏在墨色的枝叶间,并不很多,但散发着浓郁的盛季之味,是酸涩的,沁甜的,微微醺热的。只要想起在广玉兰上经历过的一个个惊心动魄的时刻,便再也不忍心去看它,在孩子眼中,这庞然巨物曾永生不死。吹来一阵凉风,把摇摇欲坠的花盏吹落到潮湿的地面上,像碰倒了瓷白的茶杯,这是最后一次。

8　在半途啜饮亲吻的鬼魂

大学毕业后,苏夜在电视台做实习记者。她只当这是一份暂时的、过渡的工作,等时机成熟,她还是要去写作的。忽然有一天,许久不联络的顾梨打来电话:"苏夜,我刚才在电视里看到你了,今天台风啊,你还在外面报道呢?"

"没事,习惯了,我已经下班了。今天是我第一次直播,看起来紧张吗?"

"比我预想的好,就是一开始直播的时候话筒拿反了,还好旁边的摄像大哥提醒你。我妈和我一起看的,她倒蛮笃定,说不出乱子就不是你。"

两人在电话里笑成一团，又聊了不少往事，好像回到了昔日的时光。依依不舍挂了电话后，顾梨又发来一条消息，约苏夜去看恐龙，她说想看巨大的，安静的，已经死去的事物。那天，她们在上海自然博物馆见面，顾梨化了淡妆，通身休闲打扮，还有几分学生时代的模样。苏夜看出她有点心不在焉，时不时要出去抽一根烟。她猜是和丛先生的事务还没处理好，心中还挂着沉重的铅块。

高中毕业之后顾梨上了一所大专，学会计。她鲜少露面，苏夜也只能从微博和朋友圈窥探她一部分的生活。那时丛先生已经在足坛大展拳脚，拿了全运会冠军，先后加入国奥队、国家队，成为主力队员。虽然国足的竞技水平有目共睹，但并不影响他们跻身体育界富豪榜前列。很快，丛先生的年收入就过千万了，他和顾梨的爱情故事也不止一次见诸报端——少年时代便相恋，从默默无闻、荣辱与共到修成正果，正是一段大家喜闻乐见的爱情传奇。丛先生出名后，顾梨的生活也发生巨变。才二十出头，就已经是著名的球员太太，时常穿着DIOR秀款连身裙，挎着KELLY包出现在各种街拍里，被几个有名的时尚博主戏称为"上海维多利亚"。她在微博上也收获了一批粉丝，随便发个唇膏试色、包包局部特写，或是阳光下的食物摆拍，都能收获几千条转赞。

由于圈子不同，苏夜和顾梨也不常见了。直到同学的婚礼上才又重逢，那是三年前的事。苏夜惊讶顾梨比从前更瘦，不那么爱耍宝了。喜宴散去，顾梨没有回市区，苏夜就陪她住酒店叙旧。她们洗完澡，趴在床上百无禁忌地聊天，又回到从前那样。顾梨也卸除防备，坦白丛先生有了外遇。"他知道你知道吗？"苏夜问。"知道的，他们同居了。"顾梨答。

没想到事态已发展至此，一开口就是绝症。原来自从丛先生转会去大连踢球，事情就变得一发不可收拾。他与那个女孩不仅同居，还一起养了狗。她暗地里关注了那个女孩的微博，还给苏夜看她的照片。她比顾梨小两岁，罩杯大了两个号。年纪不大，却有本事让丛友毅然决然停了顾梨的信用卡。夫妻俩在西郊公园附近供的复式公寓，还有大笔贷款要还。房子是丛先生要买的，那时候丛先生还没有上海户口买不了房，于是就哄顾梨匆匆领了证。两人说好，她出首付，贷款他还。千辛万苦买房装修，心愿总算得了，丛先生却突然变卦，确实让人无法接受。

顾梨说："你看丛友那个人，黄鱼脑袋，能想得出这种损招？当初是他叫我待在家里，不要抛头露面，后来却嫌弃我没工作与社会脱节。我就不懂，难道他现在找的这个就比我高尚？"

"他真的什么都不要了？"

"什么都不要，连上海的房子也不要。"

"我记得他不是这样的。"

人是会变的呀。就是没想到他变得那么彻底。也许是那个女的教唆他的。

去看恐龙的时候，顾梨的离婚官司正进行到关键程序，但由于话题过于沉重，她们并没有多聊。苏夜记得她在动物陈列厅徘徊许久，看各种各样的动物标本。它们因被重新塑形，而显现出和生前完全不同的神貌。后来她们在哺乳动物区见到一只表情怪异的狮子，她忽然大声说，苏夜，你看这头狮子，像不像那个，吊梢眼，香港武打片里的谁？就是想不起来。

惠英红，苏夜不假思索地回答。对嘛，惠英红！顾梨哈哈大笑起来，还与那头狮子合了影。又把P好的照片发给苏夜，照片配上了一段文字：香港著名演员惠英红。

多亏了那只长得像惠英红的狮子，顾梨才逐渐开怀。她说，事到如今只能接受事实了。但还是会想，到底是哪个时刻哪个节点，他忽然就不爱了？他从未说过。

"去年，我们闹得很凶，那女的控制了他的手机，我找不到他，只能买了机票去看他训练。我找了个熟悉的记者帮我顺利混进去，就坐在观众席上，前排老位子，他一抬眼就能看到我。训练结束后，他主动跑过来和我打招呼，远远看到我的时候，居然忍不住笑了。虽然笑得有点不自然，但那一刻我甚至想原谅他，想好的话一句都没说出来。本来还想赏他一个耳光吃吃。"

"你们说话了没?"

"没说上几句他就归队了,大意叫我好好照顾自己,还是从前那种体贴人的态度。"

苏夜记得顾梨曾说,每次听到别人谈到"爱情长跑"这个词,眼前就会浮现王军霞冲过终点线的那张脸。她说她的爱情只能是干柴烈火、电光石火,在感到疲倦之前要戛然而止。没想到她坚持到现在,比赛却突然中断。她劝顾梨把注意力放到自己的生活上去,她需要的只是时间。

逛累了,她们找到一个咖啡店坐下。顾梨点了杯美式,苏夜要了杯拿铁。"你还记得去年发生的那件事吗?世界杯预选赛时他的失误导致中国队丢球,从而影响了赛果。"顾梨说。

"当然记得啊。"苏夜灌一口拿铁说,"赛后你就在微博上PO了长文,控诉他抛弃发妻、招妓、出轨等等。把他的老底都掀翻了,第二天还上了热搜。我从未想过有一天你们会这样。"

赛后的混采区,记者很快捉到了丛友。他把队长的袖标扯下,用手抹了把汗,然后主动凑到记者跟前。他知道记者要问些什么,不等她开口,便主动说:"我对不起大家!当时我在禁区里面是一个回追的状态,防守的时候确实比较急,那个球是一个二点球,我先跟对方跳了一下,球弹了一下,我以为对方还会再跳起来争一下,我想第二时间再干扰

幽灵的凉夜

一下,但那个球对方没有跳,我已经跳起来了,在空中做不出什么正确的解围动作,如果能判断对方没有起跳的话,我就直接解围出底线。"

他已全然不是当初那个动不动就杠上教练,还和队医上手打架的粗莽球员。他有了官方的口气,早已不是那个在雾中给她递钱的无名小卒。

"说到底,还是对他有感情。但我生气,即使不爱了,也不能做得这么绝情,房子和狗都不要了。哪有这么笨的男人?以后不踢球,也不知道他能干些什么。到现在也不怎么恨他,毕竟他也过得不好,毕竟除了足球,他还会什么呢。踢上联赛以后,我妈已经把他当毛脚女婿了。以前是我妈照顾他,给他做煲仔饭。后来是我照顾他,那个女人什么都不会的喽,只知道花钱,性欲还强。"

但她说不清丛友到底是在哪个时刻变化的,并不是第一次被发现招妓的时刻,也不是出轨败露的时刻,更不是理直气壮不还房贷的时刻。变化起源于一个更隐秘的时刻,导致了全面的崩盘。喝完咖啡她们才去看恐龙,当作压轴节目。没想到那恐龙根本就是假的,机械做的,还会伸长脖子嗷嗷咆哮。顾梨失望地说,我希望它是巨大的,静止的,是真正的恐龙骨架,在某一刻死亡,封堵在那一刻,就像庞贝古城,你晓得伐?被火山灰埋下的那一刻,有面包刚出炉,有母鸡在生蛋,有恋人在接吻。有一天它们得以重见天日,还保持着当时的姿态。苏夜只是简单说了她和黎是维的事情，讲他们短暂在一起，又迅速分开，讲他们这一次是真的失散了。失散，这两个字说出来的时候，苏夜的心还是绷紧了一下，接着一种微小又沉重的震动发散到全身，让她感到泄气和沮丧。她本以为不会这样了。

"对了，国明还好吗？"即将分别时，苏夜忽然想起了顾梨的父亲。

"他不和我妈住在一起了，去年办了离婚，净身出户，要和他的情妇结婚。但老情人知道他没钱以后，就跑路了，也不要他。"

"那些CD和音响呢？"

"还在家里呢，搬不走，有些东西搬不走的。"临走前顾梨对苏夜说，"毕业以后，我再也没去过雾岛，听说学校没有了。"

"嗯，没有了，果然是最后一届。"苏夜感叹。

"我还经常梦到学校，明明还在那里，只不过空荡荡的，没有人。我去码头等丛友，下雾了，我就在候船室里一直等啊等，雾好像一直都不散。终于等到他来了，穿着一套美津浓的运动服，那时候他只穿美津浓，人家是赞助商嘛，所以不能穿别的衣服。他全身汗津津，脸上还冒着青春痘。我听到人群里有人讲他，讲他长得像刘翔。"顾梨似笑非笑地说。"既然分开了，就不要想那些不好的事了。我们都是迟滞的人，这样不好，很难走动。"苏夜说。

回到家中，苏夜突发奇想打开了昔日的博客，已有两年没有更新，但最后一篇博文下面出现一条新的留言，虽然仅是一串没有特征的数字，ID显示匿名用户。53596167，是系统出错，还是机器所为？苏夜想了一会儿，感到累了就去睡觉。那夜她没有睡好，不断做梦，梦中忽然反应过来，这串数字全部由连续的质数组成。

她一下子惊醒，从床上跳下来，打开电脑登录QQ，在搜索好友栏中输入了这串数字：53596167，页面立马显现出一个名叫π的人，她屏住呼吸，点击"添加好友"。没想到，π早就在她的好友列表中了。苏夜怎么都想不起来是什么时候加了他，翻看聊天记录，还惊奇地发现了数条信息，都是稀松平常的问候，而她从来没有回复过，他就这样被淹没在信息时代的潮水中。还会有谁呢？苏夜当然知道π就是罗徙。她又点进罗徙的博客，那里早就不更新了，她仔细阅读了最后一篇日志：

记录一场木星上的日全食

木星冲日临近，终于等到良好的天气，拍了几段素材，还算满意。晚上处理素材时发现，木星上似乎有一个不寻常的小黑点。晚上实在太累，没有多想就睡了，第二天早上半梦半醒之间，忽然想到那个黑点会不会是卫星呢？之前好像有天文爱好者拍到过类似的天文现象。

于是我马上从床上跃起来重新查看素材，木星周围的四颗伽利略卫星果然少了一颗。兴奋之余，也不敢妄加定论。问了一个老师，他的意见是让我到专业网站，用虚拟天象仪软件回溯一下当晚卫星运行的轨迹。

果然在当晚十点左右，木卫一（Io）运行至木星表面位置，投下了巨大的阴影。这是我第一次使用虚拟天象仪软件，可以在网页上输入时间，回溯各种天体运动，也可以预看天象。确定了黑点就是卫星的投影后，我想，如果现在我就站在木卫一的影子里，一定能看到诸如地球上的日全食。这个阴影的直径大约是3600公里，与木卫一的直径大致相当。木星有很多卫星，日全食其实经常发生。

后来我又玩了会儿虚拟天象仪，一不小心把回溯速度调快了一万倍，时间瞬间回到了1947年，斗转星移，整个页面都在忽明忽暗中变化着。不知道为什么，那一刻我有点恐惧，直接关掉了页面。

苏夜由衷笑出来。一切是不是早就已经被写好，早就包含在命运之中？包括那些已经发生的，和将来发生的，就像圆周率里的数字一样，那些查不到的数字，不是不存在，而是来不及显现？

他们约定见面。罗徙非常紧张，在公园的长椅上不停抽烟。风引起八角金盘的轻舞，地上有一些被踩烂的植物种子，已分不清它们生前的模样。对罗徙来说，这是一个陌生的公园，白天有老人跳舞，有小孩吹泡泡，有人演奏萨克斯和小号，有人聚在一起打牌。城市的气候与岛屿大不相同，他正在慢慢适应这种过渡。夏末时池塘里的残荷引人垂怜，中心花园里有鲜艳的各国月季不知疲倦地开放燃烧，快速地经历轮回。很多人围在小湖边给黑天鹅喂食，不远处的湖心亭上，数十只大乌龟伸长着脖子晒太阳。它们几乎不动，看起来就像是雕塑。它们活得够久了，早已懂得公园的秩序，远离狂欢的人群。所有的人都有事可做，没有人会注意到在长椅上抽烟的他是多么惴惴不安。

苏夜穿着一件燕麦色的大衣，裹着栗色的围巾从梧桐树的落叶中走来，皮鞋与脚下的叶子碰擦，发出焦脆可爱的声响，她就像一块融进咖啡里的奶糖。"小罗老师！"她惊喜地叫他，像拆开一份等待许久的礼物。

"不知道为什么，我有一种即视感。"

"什么意思？"

"就是眼前的一切好像发生过。在过去的某个时间，我也坐在这里等你,你叫了我一声,小罗老师。"

"那一定做梦了。"

他们一起逛了公园,他买下了一路上所有可能逗她开心的东西,一根粉色的云朵般的棉花糖(很快融化)、一支奶茶配色的百乐钢笔、一对土星耳环、一束白色鸢尾花。那天好像过得飞快,但每当回忆起来,就连当时阳光的温度、空气的味道、周遭的声响都记得一清二楚。只是他说了什么,非常模糊。分别前,他才犹犹豫豫从大衣口袋里摸出一本轻盈的小书,是用线缝订起来的手工书,封面是奶油色的粗纹纸张,上面只坦然地印着几个小小的,让她脸红的,但意义非凡的字:炼梦师,苏夜著。内页的纸张更为光滑,纤薄,闻起来有清新的皂味,抑或只是沾染了他的气息。扉页上写着:送给失散的人。

"你知道吗?我是解了很多题才找到你的。"苏夜说。他们手牵手,走在公园里,走到大街上,走入瞬息的秋日里去。

假期结束后罗徙又回到学校,他还在读博士,并打算申请一个LIGO合作组织的实习机会。那几天,他的心脏有点不舒服,医生给他做了些检查,发现他出现了心梗的症状,给他开了药,要他留院观察半小时再走。但他等不及了,他必须去赶火车,这样双休日就能和苏夜见面。他匆匆折回宿舍整理行李，还没上楼，就倒地不起。他感觉心脏被一双无形的大手一点点捏碎。之后，痛苦减轻，直至完全消失。

罗徙闻到一股医院的酒精味，以为被抢救过来了。但当他睁开眼睛的时候，却发现自己正在天花板上飘荡，他看到自己的病体纹丝不动地躺在床上。有人在哭，是他的母亲。罗徙想去安慰母亲，却无能为力。当他的手触及母亲身体的那一刻，他穿了过去，他这才意识到，自己或许已经死了，现在只是一团没有颜色的雾气。他感到悲伤和不解，为何这么年轻就死了？

他来到了一个模糊的地带，他的腿居然被陨石砸中，伤了骨头，打上了石膏，只能在床上度夏。更惨的是，母亲养的一窝鸡也被另外一块陨石碎片砸死了，本来还指着它们生蛋的。政府收走了陨石，因他们家境艰难，又遭此劫难，便补贴了一万元作为修缮费和医疗费。母亲说，他们或许能用这笔钱，在陆地上盖一所房子。

天气很热，他们的居家船要到2003年才能装上空调，此刻只能用一个立式电扇对着身体狂吹，不能洗澡，绑在石膏里的腿已经发出酸臭的味道。他能肯定那天是星期二，因为电视台马上就会变成可怕的马赛克图案。他正在收看一档新闻节目，在遥远的印度，某个国家公园因连日暴雨，突发洪水。园区里的野生动物因洪水暴发而流离失所。疲惫的犀牛、豚鹿逃到高地，无处可去的老虎逃入附近的村庄，大摇大摆地闯进居民家中,在床上倒头大睡。最后,镜头转向一头在洪水中奋力挣扎的小鹿,它的前腿慌乱地划水,越是挣扎越是无望,母鹿在岸边探着身体,踱来踱去,无可奈何。

小鹿被急流冲走的那一刻,罗徙第一次感受到心碎。他未能理解生命的意义,他所能感受到的唯有爱与牺牲,他愿意代替小鹿去死。这个时刻是足以称为永恒的,他将无数次回味,无数次忘却。那些印记、伤痕终将随着时间淡去,但它们不会消逝,成为生命的底色。当大雨落下,它们的颜色又将从深层的皮肤中浮现,他会想起那些滚滚发烫的瞬间,甚至感受到隐痛。

他好像又在跑步了,四百米跑道对孩子们来说实在太乏味,所以老师就让他们绕着整个镇子跑,也跑山路。那时候路上没有什么车,从学校出发,经过一条小路就跑到大马路上去了。他跟着两个高年级的同学跑,他们跑得很轻松,步子又大,他怎么都跟不上。越急越累,呼吸道和心脏被挤压得漏了气一样。但当他们把他完全甩开,消失得无影无踪后,痛苦也消失了。小镇刚刚醒过来,商铺的卷帘门打开做生意,早点摊热闹起来,骑自行车的上班族追着他打铃,身体迈过极限后就如重启一般,他忽然觉得能一直跑下去,离开居家船,离开渡口,一直跑到广阔的天地中去。

虽然那些道路和街景还是当时的样子,连微微腐败的气味都和当时一样,但其实他并没有在跑,而是在飘荡中凝视，没有任何情绪和生理感受，只有凝视。少年时代的空间还完整地保留着，消失的仿佛只有他本身。

他开始做一些不寻常的梦，有一层叠着一层的梦，有反复进入的梦，有的梦甚至联结着曾经的梦。这些梦无疑反映着他内心的欲望和焦虑。其中也有解释不清的梦，他梦到了海，海面雾气重重，他看到一个女孩正坐在丁字坝的尽头，沉静地等待着什么。他慢慢靠近，周围的雾气变得更浓重了，什么都看不见，就像万物初生时那样混沌而迷乱。当他试图靠近女孩，她的形象变得遥远，几乎消失在雾中。即便如此，他还是感觉到她的存在。

他产生了一个狂妄的念头，这并不是死亡，人不会真的死去，或许只是有人将他放置在虚拟天象仪的软件中，把时间调快了一百万倍。既然时间已经消失，空间的壁垒已经打破，是否可以看到未来？他想通了，即便晚一点死去，数百年后也不会有人记得他的名字，连坟墓都消失得渺无踪迹，变成新的城市，或变回舒展的森林。他忘记了名字。

太阳已入暮年，地球正变成另一颗地狱般的金星。他居然还能感觉到热，苏联人曾把探测器发射到金星，不到120小时探测器就热熔报废。如今地球也这般模样，叫人心碎。他正伤心着，忽然飘浮到土星周围。土星周围变得温暖，那些蕴藏温暖洋流的卫星正成为人类的家园。在一颗暮色的卫星上，羽流不断喷射出冰晶，他感受到土星快速自转下的疾风。太阳系的婚戒,土星的光环正在碎裂,那些钻石般的冰晶正壮丽地落入土星大气层中。不可思议,他正在经历土星环的消失。死亡将时间铺展开,他看到无数过去和未来重叠在一起,已经没有什么能够让他感到痛苦,他看到时间的"动物性",至此不再关心人类的命运,也放弃了自我的幸福。意义消解,当他即将失去最后的人性时,忽然想起什么重要的事,他希望生命中的某个时刻能穿越无尽的时空,被一个高等文明的生物观察。即便关于自身的一切早已灰飞烟灭,但这种观察却能成就永恒,这股力量将他推入了过去的某个重要时刻。

所有的渔船都蒙着眼睛。

苏夜四处游荡,进入了一间造型别致的图书馆。她在图书馆陈列室发现一个精致的迷你屋,微缩版的图书馆。她好奇地透过六边形天顶往里看,看到里面有一个和她一模一样的小人,也在往什么地方好奇张望。苏夜一阵惊悸,往后大退了几步,不小心撞到身后的人。她能感受到他的衰败气息,是一个老人。他穿着得体优雅的深色西装,身上有一股寒冷的松柏味,连吹过他领口的风里都有霜的结构。由于光线太强,无法辨别他脸部的细节,只看得见喉结在抖动。

"快去上课吧,我们都快迟到了。"老人拍了一下苏夜的肩膀。他的声音很是含糊不清,像来自遥远的海洋,咕咕冒着水泡。他手里拿着一摞教科书，封面上全是她看不懂的符号和文字。

苏夜进入老人指向的空间，来到一间通透的公共教室，她周围坐着一些年轻人，他们肤色各异，熠熠生辉。老人兴许是个有名的教授吧，但又像是个脱口秀主持人。老人举起话筒时机器内部忽然传来一阵尖利刺耳的噪声，像是在反抗着什么。他轻轻拍了两下，噪声便消失了。老人轻松地笑了笑，然后说："未来是不确定的，是一个开放的空间。我们可以想象，可以创造，因为它还没有发生，但在心灵的迷宫中，我们却可以体验未来。我们希望一切都是有序的，我们信仰秩序，因为它拥有平静的善意。但世界的本质是无序的，我们应该关注的是时间的特征，而不是陷入对时光飞速流逝的伤逝中。也许在描述世界机制的基本法则中，过去与未来，原因与结果，回忆与希冀之间不存在差别。"老人冷不丁走下讲台，径直走向苏夜，并将手中的白纸递给她。

"请看，这是什么？"

"白纸。"

"请描述一下它的特质。"

"很平坦。"

老人忽然把白纸揉成团，重新展开，又问："白纸变回来了吗？"

"变回来了。"

"再仔细看看。"

折痕无法完全消除，过去与未来有别。总是先有伤口，后有疼痛。伤口逐渐愈合，伤痕淡去，这就是时间的证明。苏夜无法改变过去，那些遗憾、懊悔、回忆将伴随一生，她再也见不到那些在时间洪流中彼此失散的人。她的目光凝滞在白纸的折痕上，那些痕迹似乎与她心灵的裂缝相互重叠。"但也未必。"老人又从桌面上捏起一个带状纸条，把两端扭转在一起，形成一个莫比乌斯环。

"在这个环上找不到起点和终点，球体也一样。在数学中可以用虚数计算，我们熟知的实数中，负数无法开根号，运用虚数却可行。在测量时间上运用虚数，就可以得到'虚时间'。想象一下，宇宙随着虚时空不停膨胀，直到坍缩，就像球体一样，自身闭合。它是有限的，却没有边界。这就解释了为什么我们找不到大爆炸的起点，找不到那个引发结果的'原因'。时间只存在于我们大脑中，用来解释我们观察到的变化。"

身边的景物开始变化，时间飞速流逝，但方向不明。苏夜闻到更多复杂的味道，这片松柏曾经历一场严峻的暴风雨。老人的一生便在暴风雨的气息中徐徐展开。他大学时在美国学习天体物理，又辗转欧洲，成为瑞士大型强子对撞机的研究人员。后来得到去南极的机会，开采最坚硬的蓝冰，探索暗物质，但一无所获。他曾经做过四次心脏手术，一度濒死，但他活了下来。

苏夜看到了老人的脸孔，如此熟悉又陌生。她知道自己在做梦，但依然无法抑制自己的情感。"真好，你变老了。"她像孩子那样放声大哭起来。老人凝望着苏夜，陷入了困惑，好像忽然意识到这个女人并非属于他的时空。他们不曾相遇，不曾共同拥有过什么此时此刻，他不确定醒来时后是否还会记得她。只要想到这点，老人就会感受到一种难以解释的刺痛。当苏夜的手触摸老人面庞的瞬间，他们也慢慢地退回到各自的宇宙中去。她开始明白，这些都是镜子的残片。唯有梦无所不能，梦与梦交织在一起，不再有隔阂。时间的奥秘由死亡揭开，"自我"的概念变得模糊。

风暴在一个更隐秘的地方发生，引发了洪水。苏夜坐在堤坝上，浑浊的海面烧开了似的咕咕冒着泡。她预感到洪水，但并不害怕。她静默地观察着灾难的形成，是梦而已，没有人会真的死去。这时明晃晃走过来一个熟悉的人，穿着奶油色的粗布裤子，但看不清脸。他紧挨着她坐下来，她感觉有温热的气息从四面八方把她包围住。她很好奇，想去探索他的形象。挣扎几番，什么也看不清，被雾冲散了，只知道他越来越近。潮水翕张如巨兽的咬合，听不到任何声音，耳旁只有不断被风吹散的语言："洪水来了，不逃吗？"

"我在做梦。"她回答。不含一丝犹疑。

她抬头望去，巨大的月亮就挂在头顶，咫尺之遥。仿佛一伸手，就能触到瞬息万变的月海。但又像在尘嚣之外，可望而不可及。

"月亮碎了。"他说。

月亮确实碎了，被某种巨大的不可想象的力量撕裂，玻璃般的碎片静止悬停于空中。远处的村庄、田野和水杉，已泡入水中。潮水淹没了堤岸，他们看得到浮木、游弋的鱼群。只差一点点，潮水就要浸湿他们的脚尖。她的目光穿过他的衣领，看到他抖动的喉结。再往上一点，就知道他是谁了，但她却失去了这种向往。

你为什么不逃呢？

你不是在做梦吗？

她闻到烟草和奶制品的味道，并感到灼热。他们的手渐渐合到一起，越握越紧，直到渗出汗液。不知洪水何时会把他们卷走。

所有的一切好像都发生过，过去并非真的过去，它被封存在幽暗的深处。当光照亮时，过去像遥远的星子，又明亮起来。他们手牵手在滩涂上漫步，能感觉到硌脚的碎石密布，像猫舌上的倒刺。

远处的岛礁逐渐被浓雾吞噬。尚未到达的船只不断闪烁，努力捕捉灯塔的光。它们顶着海风、打着冷战远道而来，似乎只是为了听到雾角。他们从围海大堤一路滑翔而下，赤脚走在浅滩上。这里看似松软，实则崎岖密布，到处都是凸起的多边形。海水中的蓝色发光体随着菱形波纹汇集成蓝色旋涡，旋涡急速飞转，形成一个中空的黑洞，正将周围的鱼群、海藻和底栖生物一并吸入。他们感到恐惧，狂奔着往岸上去，没有方向地四处乱跑，差点闯入一处无人看管的墓地。

几座墓碑近在咫尺，爬满了棕绿色的不明植物。它们被一扇完全生锈的铁门围住，轻轻一推，铁门发出旷日持久的叹息。他忍不住想，自己死后会不会被埋在这样的墓地里，成为日后的骇人之物。

这时他们的眼前冒出一棵巨大的樟树。树干周围的叶子不断回旋，形成几个微型旋涡。除了风摆弄树叶的声音，更暗处还有些许胆战心惊的虫鸣。忽然，树干间传来奇怪的声音，像是老人发出的毫无羞耻和遮掩的打嗝声。她觉得冷，就钻入他的怀里。一阵不寻常的凉风灌入两人的领口，使他们在八月的夜晚瑟瑟发抖，她意识到那个夏天从来没有过去。"我很想你。"她说。

所有的体验都是全新的，他们看见粗壮的树干有一块树皮明显突出，呈现奇特的光泽，似有新鲜事物正要发轫。他着迷地伸手去摸，一块树皮毫无预兆地掉了下来。她马上将它捡起，轻轻拂去上面的土。她将树皮举起，放到了他的眼前。"你看,上面有两个孔,好像面具啊。正好能盖住你的脸。"在那个凉夜,当树皮覆盖住他的脸时,他早已死去,变成了她的幽灵。他们不再忧戚,停止了对命运流向的幻想。

第 三 部

永劫，或瞬息

1　呼告

到达机场时，已近下午两点，若飞机准点起飞，将遇上空中气流最活跃的时刻。黎是维感觉自己正踏在一只沉睡的巨物的脊背上，耳内传来异质空间的噪音，胃里有个旋转的地球顶着。他害怕坐飞机，但因为工作关系每月至少要坐两次飞机，每一次都会经历濒死体验。他感觉自己是被绑在大石头上沉入海底的女巫，每一次死去之后又立刻复活，紧接着溺水而死，循环往复。

他拖着一个小巧，但容量很足的四方棉纶旅行箱，里面装着一个笔记本电脑、一件羽绒外套、一双室内鞋、一套睡衣、两件衬衫、内衣裤若干、旅行装洗护用品，也许还能装下一只猫。当旅行箱缓缓淌过 X 光射线安检机时，他忽然想起晨间那团失落的灰梦，拨开葳蕤杂草，出现一个辽远的古寺，飞檐下悬挂的铜铃随风而动，铜铃声接续、交错，像是在呼告着什么。想再往深处探索，却什么都想不起来，徒留伤悲。

取完登机牌，他收到两条向总的微信：

周一提前到公司，有事同你商议。

小孟那件事还是你来处理比较放心。

黎是维没有像往常那样及时回"收到"或者"没问题"，

他把屏幕按黑，将手机重新灌入口袋，这条晚点回倒没关系，不过就是知会小孟一声，他被开除了。黎是维平时与小孟关系不错，这短短一会儿工夫，他已经帮小孟算好了支遣费，应该能够支撑数月。黎是维颇有点同情小孟，他女儿尚不足月，家中还等着工资开销。小孟很快会被同事群移除，原定的满月酒也没人再去。黎是维暗下决定，红包一定要找个机会送出去，还要在原定的数额上加一点。

裤袋里的手机振动起来，滑动接听："豚豚，你妹妹回了。"美珍的声音像突破了重重阻滞，从某个苍远的过去传来。黎是维不合时宜地想起晨间灰梦的片段，他好像在和谁散步，经过一湾清澈水潭，几枚硬币在水底反射日光。七八尾鲤鱼在树影下游弋，只要他们一说话，鱼儿便围拢过来。"小孃孃，我在机场，信号不大好。你说大声点。"

"你妹妹回了。"

"什么意思？"

"哋，回了，回了。"美珍的话依然没头没尾，"就等你回来了。"

梦里的人正是美珍，她好像有事，急着要走。

这时脚下的巨兽忽然苏醒了，黎是维东倒西歪地站着，眼前浮起一片模糊的蜃景。巨兽匍匐起身，他踉跄两步，蜃景也随之像雾般化入空气。机场广播正在播送登机检票通知。"我要登机了，待会儿再和你说。"他把手机塞进裤袋，朝人群密集处走去。登机口像一条蟒蛇的食道，将他缓缓吞入。两位妆容完整的空姐微笑着邀他入内，空洞的微笑灰尘似的浮于空中，他下意识后退半步，却被后方蜂拥而至的旅客重新推入。椰棕丝地毯、海绵座椅、涤纶安全带、塑料遮光板地毯全都散发出酸涩的馊味。他的身体像被蜘蛛注入了毒液一样，变得软绵绵的，步子很沉，好不容易走到座位，还要费力地将随身行李举过一位中年男人的头顶，那里如待烧的甘草，发出香烟和头油的味道。

这是一架小型飞机，通道逼仄，引发数起碰撞，呵斥与赔情不绝于耳。他就坐在发动机的上方，脚下不断传出可疑的、无法忽视的噪声，仿佛置身一场爆炸的中心。他找出呕吐袋，折好放进外套口袋，以备不时之需。回想刚才电话里说的，他有点担心美珍已经精神失常。

身旁那位中年男士似乎很久没有出来旅行了，他情绪高昂地与妻子聊天气、聊股票，聊一桩出名的空难，方寸之间便勾勒出一张当今世界格局的壮丽图景。身旁的妻子满意地听着，笑着，温柔地拨去他下嘴唇上的瓜子壳，甩到地上，再揭开保温杯盖，让他漱口。除了彼此的声音，他们什么都听不到，仿佛有神祇将他们装在一个与世隔绝的幸福气泡里。过道另一边坐着一位中东面孔的男士，茫然地凝视着一个虚妄的圆点。他的眼眶很大，甚至还能容纳额外的两颗眼珠。他的脚边耸立着一只鼓鼓的橙色登山包，包口没有束紧，好像随时都会爬出一条蜡皮蜥蜴，路过的旅客总要担心地望一眼。

身旁的男士翕着嘴睡着了。黎是维差点下决心逃走了，他打开手机查询青岛至上海的高铁班次，但飞机已经开始在地面滑行。他赶紧吞下两片茶苯海明片，这种力道很小的药片根本无法缓解任何焦虑症状，倒是对他的肠应激状态有效。在恐怖的颠簸过后，飞机离开地面，城市变身一个微缩模型，积木房、塑料树、玩具车、蚂蚁人。他小时候常观察蚂蚁列队，研究它们的社会秩序。他曾选中一只蚂蚁，伸出手指，引诱它攀爬到手背上来，把它放到崎岖可怖的书桌上，看它冒险，蚂蚁在橡皮和练习册上探索了一会儿，试图寻找熟悉的气息，但不出几分钟，它就不知所措了，抱着脑袋到处乱撞，差点失足跌进一只玻璃杯里淹死。获得编织时空的乐趣后，游戏到此结束，善良的巨人重新托起蚂蚁，将它放回榉树下搬运糖粒的队列中，对它吹一口气，告诉它是梦而已。

如果这是一艘飞向宇宙的飞船，可能所有人都会像他一样焦虑。会有人告诉他们这是一个梦吗？两个小时漫无止境的折磨后，飞机终于开始下降。黎是维望向窗外，依稀可见地平线处的微光。下降过程中，飞机遭遇一股气流，机身剧烈晃动起来，正在收饭盒的空姐一脸不耐烦地回到座位，系上安全带。他忍不住瞄了一眼窗外，雷霆触角下，云群盛放如芍药。婴儿的哭闹一浪浪袭来,身边的男人不情愿地睁开眼,揉了揉眼角,从另一个世界归来。

回到永安新村,一个烫着高耸发髻的中年女人正坐在客厅,一边泡脚一边看电视,正播一档家庭矛盾调解节目,兄弟姊妹为了分一套拆迁房闹得鸡飞狗跳。黎是维呆立片刻,还以为进错了门,回头看了看门牌,却发现没错,这才想起晚弥在电话里提过,她妈要来。

"阿姨,你来啦。"他故意说得大声,好像对方听力受损似的。

薛伶吓了一跳,有些窘迫地调低了电视音量,捞起盆里如腌咸菜一般的毛巾搅干,然后说道:"是维回来啦,饭吃过了吗?"

黎是维和晚弥的母亲一起吃过两顿饭,总记不得模样,这次又重新辨认了一回。"嗯,飞机上吃的。"他知道她只是问问。桌子收拾得很干净,冰箱里也并没有留给他的菜。"晚弥呢?"

"在房间里呢,也不知道忙什么。这两天你不在,懒得很。不到九点就窝进去了。"薛伶迅疾将泡得发红的脚底均匀抹干,装进一双绒拖鞋里,"Mia 讲你去深圳啦,怎么样,那里好玩吗?"

"去出差的,行程紧,没来得及玩。"

阳台上，陌生的月季伸出触手，猫在叫他，状告自己被囚禁的委屈。黎是维慢吞吞走到铁笼前，蹲下身放出卡戎，把它抱到膝盖上，轻柔地摩挲它的下巴，猫很快安静，愉悦地伸出爪子，在他的膝盖上轻微挠了两下，尖锐的钩子浅浅地扎进肉里。

薛伶倒完洗脚水，看到撒娇的黑猫，些微发恼："哎哟，我说不要放它出来，对孕妇不好。有那个什么虫，晓得吗？"

"做过弓形虫检查，很健康。"

"还是谨慎点，凡事都有个万一，落到自己身上，就是一万。"

黎是维没有再说话，他把卡戎从膝盖上抱下来。它急迫地跑到饮水器舔水喝。他又往食盆里倒了些猫粮。清理完猫砂洗过手，他才不紧不慢进了卧室。推开半掩的房门，丘陵似的孕妇枕头将任晚弥包裹起来，她穿着一身法兰绒睡衣，头发全部束到头顶，脸上散发着健康的光泽。看到丈夫回来，任晚弥很快从手机游戏中解脱出来，伸了个懒腰，把手机放到枕边，展开双臂说："快到这儿来。"她看起来像一团柔软的正在发酵中的面团。

黎是维被紧紧揽在她的怀中，呼吸着她身上复杂的气息：头发是玫瑰味的，脸闻起来像柚子，胸部散发柑橘精油的味道。她捧起他的脸，大口亲了一下他的脸颊，然后说道："见着我妈了吗？"

"嗯，见着了。"

"我妈把客房都整理了一遍，你请的那个钟点工阿姨磨洋工本事一流，沙发底下都没擦过吧，陈年的橘子皮、头发丝都还在，恶心死了。床铺都是新的，我妈自己带过来的。她以后就住那间。"

他坐到了沙发上，累得无法动了，背弓下来，两手交叠着垂在膝盖上，头也差点同它们垂到一起。"你决定就好了。"他有点耳鸣，甚至听不清自己的声音。

晚弥露出满意的表情，又坐起来一点，重新拾起枕边的手机滑起来，但心思并不真的在手机上。不一会儿，她好像忽然想起了什么："那件事你想好了吗？"见黎是维没反应，她放大了声音，"喂，我在和你说话，每次都这样，一点都不尊重我。"

晚弥的声音越大，就越远。黎是维费力抬起头，试图从晚弥的嘴型判断她在说什么："你说，我听着。"落地灯很耀眼，刺得他睁不开眼。

"拍摄的事啊。"

"哦，那件事。"他有气无力地说，"要全程拍摄吗？"见丈夫面露难色，晚弥小嘴一抿，颇有点委屈："又不要你干什么，什么都不用讲，只要你的视角，只要你的镜头，晓得吗？小仇给你写了个稿子，后期录进去就好。我已经很久没有商业合作了，这次是个母婴品牌，怎么能不把握这个机

永劫，或瞬息　205

会。"说到此处,她话锋一转,又顾盼神飞起来。"流量就是票子。不动声色插个暗广进去,粉丝们吃安利也吃得开心。"

晚弥做博主已有三年,全网粉丝已趋近百万。虽然不算头部,但凡是与美妆挂钩的,商务上就吃香。好的时候,一次推广就能拿六位数酬劳。她在音乐学院附近开了个工作室,招了两个助理,一个负责写台本,另一个负责做造型。摄像和剪辑都是外包的,还有一个生活阿姨照顾日常。不过她最近遇到麻烦,某期 Vlog 涉嫌抄袭"油管"博主的创意,遭到了很多粉丝的抵制。晚弥很乖,当即发了道歉声明,不过是顾左右而言他,没有真的承认抄袭,正盘算着借这次生产复出。

这时,晚弥的母亲敲了敲门,不等应声便推门进来,将一碗冒着热气的木瓜牛奶递到晚弥手里说:"要吃光。"晚弥一脸不情愿地接过甜品说:"就是因为这玩意儿吃多了,我都出奶了,本来还不想亲喂呢。"话虽这么说,但她还是一口一口往嘴里送。以前她不怎么吃东西,自从怀孕以后,胃口比从前好得多。吃完水果,任晚弥将盘子和叉子放到一边,摸了摸凸起的肚子。她忽然惊叫道:"动了动了,是维快看。"

胎动了。晚弥撩起天鹅绒睡衣,布满粉色裂纹的大地下,一个新奇的生命快乐地蠕动着。黎是维想起 cult 电影中主人公被异星生物寄生的场景，他看得入了迷，晚弥却故意放下了衣服，催促他去洗澡，"快点去吧，一身的细菌。"

洗完澡，他量了体温，38.2℃，他把自己隔离在客厅的沙发上，盖一条珊瑚绒毯子，卡戎蜷在它的腿上打瞌睡。公寓已经被占据了，卫生纸盒、储物柜和沙发背都罩上了罩子。五斗橱上摆着格格不入的烛台和永生花，悬挂的画框上缠绕着不知所云的小灯串，这里看起来就像一个廉价咖啡厅的样板间。这不是晚弥的品位，一定是她母亲搞的。也许为了给这些东西腾出地方，她还扔掉了一些他的东西，暂时还无法发现。他的画都被锁到了一个狭窄的储物间，晚弥嫌它们味道太重，泛恶心。

大约四年前，黎是维和父亲曾经一起去大理旅行，父亲的身材保持得很好，两人下榻酒店，为了看起来不像一对同性恋人，父亲执意要订两个房间，逢人便说，这是他儿子。旅程只安排了三天，父子俩因长期缺乏交流，旅程变得空洞而遥遥无期。最后一日，父亲突发奇想，要去找阿莲，但记在备忘录里的联系地址却怎么也找不到，只好又漫无目的地在小酒馆里消磨一日。自那以后，父子俩便未再见面。黎是维想等到胎儿八个月的时候再告知父亲，他要当爷爷了。如今已过七个月，又开始往后推日子。

晚弥对他来说，算是一个意外。三年前的一次朋友聚会，他初见晚弥。她穿着酒红色丝质吊带裙，白得像一张纸，但关节处泛着可爱的粉色。长而柔软的头发用发夹束在脑后，像听话的尾巴，胸前一抹颤动的阴影让人想到小溪流过的痕迹。晚弥漂亮得不俗气，眉眼细长，颧骨突出，皮肤柔软，是艺术家们喜爱的脸庞。初次见面，她便大方承认她在美国进修艺术硕士的钱是画家给的，算是分手的补偿。席间他们并没有说上什么话。她喝了点酒，微醺了，他便开车送她回家。没想到，像她这样一个时髦女郎，居然住在上海最幽深、最原始的巷子里，没有地方停车，只好停在附近大商场的地下车库，又陪她走到家里。幽暗的路灯下，悬铃木的树叶泛着与季节不符的烟色，小巷子里阵阵浮出阴沟洞里的腐臭味，她说，就送到这里吧，我自己进去。

黎是维觉得他们不会再见了，刚要离开，忽见树影下蹲着一个打着赤膊的老头，鬼鬼祟祟低头吸食着什么，弓着的背脊露出一排凸起的骨头。一股奇怪的烟味飘来，来不及思考，他便抓起晚弥的手往光亮处疯跑。不知跑了多久，晚弥喘着大气停了下来喊："跑不动了呀！"黎是维放开她的手说："那就不跑了。"他们互看一眼，突然大笑起来。晚弥说："你跑什么？"黎是维说："我怀疑刚才蹲着的老头在吸毒。"晚弥笑了："他在吸毒，你又跑什么？"黎是维答："没想那么多，就想带着你逃跑，离开那里。""你是想救我？"晚弥严肃问道。"没想那么多。"黎是维说。晚弥突然脸色一变说:"其实刚才那个老头是我爸。"黎是维一时语塞,不知所措。晚弥不忍惹他,嗤笑出来,刮了一下他的鼻子说:"骗你的。"她当晚没有回去,他们做爱了。就这样随意地交往了几个月,一直没确定关系。黎是维知道她还在约会别人,所以他也一样不决定什么。没承想,晚弥怀孕了。按照她的意思,先领证,生完小孩再办婚礼。他料想,等晚弥生完孩子以后,他会像斯通纳一样住到书房去。最大的问题就是缺乏联结。

电视已经很久没有被打开。仍是这个明显戴着假发的主播,穿着不合脚的裸色鱼嘴高跟鞋,她用专业又不失趣味的声音播报:西太平洋洋面上正有两个台风同时形成。一个被命名为薇尔蕾特,另一个则被命名为黛西。据说台风的名字取自一对著名的连体婴。黎是维纳闷:已入深秋,怎么还有台风?出于好奇,他在网上查询台风消息,输入台风的名字,却弹出连体婴的消息:他们出生于二十世纪初叶的英国,曾被卖给马戏团表演。几乎同时悲惨死去,前后差了数小时。他忽然想起美珍那个奇怪的电话。赶紧回拨了一个电话回去:"孃孃,你今天电话我没听清,到底什么事啊?""你妹妹回来了,明天你也回吧。""回哪里?""雾岛啊,还有哪里。不讲了,你妹妹要困觉了,我去看她。"

美珍一定是疯了。他决定回一趟雾岛,也许是预感到此行的波折，他给向总发了条消息，请了年假，十五天，小孟的事，就让他们去周旋吧，忽然松了口气。一块火山形状的蜡烛燃烧着，烧到了底部，蜡烛油像熔岩一样流淌下来，凝固住，裹住一只打算放网的小蜘蛛。它在蜡油中抽动的腿很快伸直，蜡烛熄灭，冒起幽冥般的黑烟。

2 低吟

次日他睡到中午，直到听到骨头断裂的声音。骨头被折断，清脆、响亮，但感觉不到疼痛，仿佛发生在别人身上。他循着声音推开落地窗，原来有人在人工小河边锯树。他一直很喜欢这棵无患子，特别到了秋天，叶片坠落得缓慢，像一些悄然离去的梦。但住在底层的宋先生却不喜欢这棵树，抱怨它挡住了采光。宋先生与年逾八旬的老父亲住在一起，他已经到了即将退休的年纪，有人说他是个老处男，相亲相了一百个都不成，就一直单着。也有人说他早年离异了，前妻和女儿已定居海外多年，彼此没有往来。这位邻居行踪颇为神秘，平时极少与人搭话，没想到经他投诉，物业像接到圣旨似的，效率难得地高了起来。

工人骑在树杈上，拿着一把玩具似的短锯锯树枝，就像用美工刀杀一个人。黎是维不忍看下去，转身回屋。不一会儿，物业派人送来了一把大电锯。黎是维的脑袋嗡嗡作响，好像看到蚜虫在屋内乱飞。屋里没人。打开手机，有一条晚弥发来的消息：你生病了，别忘记吃药，有空家里消杀消杀。妈带我去产检，晚饭约了朋友，不回来吃，还有……冗长的消息还没读完，美珍的电话紧接着来了："买了几点钟的票子啊？"黎是维竟彻底忘了这件要紧的事。"今天要晚了，别等我吃晚饭。""给你留着，做了栗子鸡，放了你爱吃的牛肝菌和羊肚菌。"

　　黎是维简单打包了行李，然后打电话告知晚弥要回雾岛几天。晚弥对这突如其来的行程一头雾水："没听你提过啊。""哦，早就要去的，最近太忙，一直忘了告诉你。天不好，怕停航，趁台风没来赶紧回了。"他说。"去干吗呢，才回来又要走？""有人来收房子，那房子有我爸的一份。"黎是维说。"哦，这样。那你事情办完早点回。"黎是维知道，只要与经济收入有关，晚弥就没有二话。

　　临走前他将卡戎塞进一只宠物背包，一同带走了。没有时间去赶大巴，只好花上几倍的价格约了一辆顺风车。当他飞快地跑到小区门口的时候，打车软件显示预约车辆已经到达。但眼前只停着一辆灰蒙蒙的货车。刚要拨通司机电话，"货拉拉"的司机摇下车窗说："是您叫的车吧，手机尾号4984？"一核对，果然没错。"嗯，对，请问是送什么的？"

永劫，或瞬息　　211

黎是维问。"冷冻食品，不介意吧？"黎是维摇头表示不介意。放好行李后，他爬上了副驾驶的位子，司机注意到他背包里的生物，便问："猫啊？""它不吵的，在外也不上厕所。"他答。"没事，我也养猫，但不能出家门，这家伙有出息。""它喜欢户外，以前经常带它去露营，拴根链子，落在肩膀上，很乖。"司机又道："台风要来了哦，你还去坐船啊？可能停航哦。""没事儿，先去吧，船总归要开的，无非是等。"黎是维说。

过了旅游旺季，码头一片萧索，小卖部卷帘门拉得死死的，一位高大的保安在候船室大厅内徘徊，黎是维上前说："请问，还卖票吗？"保安的半张脸全都埋没在黑色衣领中，只露出一双食草动物般的眼睛，他把头一歪，撇向售票处。往日大排长龙的售票点空空如也，售票员正在低头忙碌着什么。他着急地跑向售票处，发现屏幕上滚动着催促旅客登船的红字，船还有五分钟就要开了，他决定买下一班。"给我一张三点钟的。"黎是维说。"为什么不买两点钟的？"售票员放下手里的针织活问，她手里的棒针有鼓槌那么粗，毛线是五彩的，像是四五根拧成的一股，织物披在她腿上形成一条盖毯，下缘堆在脚边的一个竹篾编的扁圆簸箕内。看不出在织什么，好像只是在没有目的地练习。"来得及吗？"他问。售票员抬起棒针指了指身后的电子钟，13 点 57 分。"好的，那就买两点钟的。"售票员拿起对讲机："还有一个。"他从空空荡荡的候船室飞奔到空空荡荡的码头,海与天也是空空荡荡的。

船体刷了新漆,但内部是旧的,座位差不多坐满了,空着的位子上也堆满了各式各样的行李,大家对姗姗来迟的乘客视而不见,没人有要让的意思。幸好驾驶舱的外面还有一个座位,原本是一个饮水处,现在改成一个孤零零的座位,与其他座位反向。这很好理解,如果座位的朝向与其他的一致,这位乘客则要面对一堵白墙。于是座位就只能反过来,没有桌板,他就把行李放置在座椅底下,本想放出卡戎透透气,见它已经睡着,就把背包放置在脚边。

云层很厚,阳光穿透缝隙,形成几缕丁达尔光束投向洋面。并没有台风的迹象,偶尔有海鸟盘旋,无处停留便飞走了。圆形舷窗勾勒出一颗灰蓝色的星球,就像太阳系边缘那些从未诞生过文明的气态行星。秋冬季节进入禁渔期,海面上除了偶尔荡来几只渔政巡逻船以外,别无他物。还要航行两个小时才能到雾岛,他又打了个电话给晚弥,信号时断时续。她正和几个朋友体验一家沪上有名的私房菜。"醉蟹用的不是本地蟹,蟹壳太硬,蟹膏没有并拢,差评。酒香草头嘛平均水平,五粮液蛮香的,总归不及茅台喽,草头也不够嫩,一记火头大了。红烧肉做得蛮好,是我顶顶喜欢的那种甜口,肯定用了秘制酱的。Olivia 猜是杏子酱,但她是北方人不晓得,上海阿姨不大用杏子酱的,我猜是梅子酱,用黄梅季节的梅子做的酱。最有意思的是这道红烧肉的配菜,你猜猜是什么?""猜不出。""是小葱,一整根小葱!想不到吧。哦哟,凭良心讲蛮嫌弃的。但后来一口肥肉一口葱,上瘾咧。"晚弥的语速很快,有时他来不及接收和反应,就像捉不住那些在金属盘上滚来滚去的玻璃珠子。

起航了,唯有他反向而行。挂壁电视的信号中断,静止在一个俯瞰城市的镜头。东海上的汹涌海浪正好对上他的眩晕频率,他很快就睡着了。每次坐船差不多都是这样,本来并不很困,但只要船一离开码头就犯困,醒来差不多就到了。

他是被巨大的风浪颠醒的,这很不寻常。舷窗外的星球暗下来,几个乘客伸着脖子担心地朝外望着,浪拍到舷窗上,不断留下雪白色的泡沫。年迈的船体发出可怖的嚎叫,像是随时都要散架,大家都说台风来了。两个小时前,台风路径显示将在舟山登陆,雾岛海域受到的影响有限。但现在看来,影响还是很大的。

几个乘客们正谈论东海上发生的一桩海难。

"啥辰光的事啊?"

"大概一个钟点前。我侄子海事局的,他发了朋友圈。两艘集装箱货船撞在一起,其中一艘翻船了,好几个人落到海里。"

"这么冷,要淹死的。"

"今天最低只有八度,海里更冷。"

"我看到几艘船急急忙忙开过去,肯定是救生船喽。"

"肯定是的。"

"哎,今朝是最冷的一天。"

卡戎醒了,不安地嗷嗷叫着,黎是维把手伸到背包里挠了挠它的下巴,试图安慰它,但它的瞳孔依旧持续放大,背上的毛如倒刺般立起来。船就像孩子澡盆里的肥皂盒一样,无助地在浪尖上翻腾,有人开始翻找座位下的救生用具。

黎是维胃中翻腾,挣扎起身,踉跄着走到卫生间,吐了一池。回到船舱时,水面神奇地恢复了平静,船上的人又开始走来走去了。他找到一个空位,连同行李一同挪了过去。落定后发现,身边一个年轻的女子正在酣睡,仿佛刚才的风浪并没有发生过。他从未这样凝视过一个人的脸庞,她好像梦到了什么不好的事情,眉头紧皱着,眼皮下的眸子不断跳动,当她咬紧牙关时,下巴上出现一个深邃的凹陷。她的额前滋生出几根粗壮的白发,脸庞退去了脂肪,下颌线和鼻梁上的驼峰都更显著了。她正在接近一个"本就如此"的形象。

"苏夜。"他叫出她的名字。

苏夜睁开了眼睛,环顾四周,辨认了一会儿,拿出随意丢在座位上的手机看了眼时间。

永劫,或瞬息

"苏夜。"他又说一遍。

她回过头,辨认了一会儿,眼睛一亮:"谁变戏法,把你变出来了?"

"我一直在船上。"

"我怎么没看到你?"苏夜嘴里呼出暖气,散发火柴点燃瞬间的温度。但黎是维注意到她穿得比一般人单薄。水蓝色衬衫上罩着一件奶油色绞花羊毛背心,座位扶手上挂着一件薄薄的风衣,颜色和她喜欢吃的雪宝棒冰如出一辙。"大概是换了艘船。"他极力想说点有趣的话,但声音却紧张到颤抖,"刚才我就坐那里,奇怪,座位怎么没了。"他指着原来的位子说。那里又变成了饮水机。

苏夜困惑地说:"记错了吧,那里怎么会有位置。刚才风浪大,你一定是从楼上下来的。"

"这船是双层的?"黎是维明明记得自己坐的是一艘快艇,单层的。但船体变大了,正有几个乘客举着保温杯往上层去。旧时的轮船都是双层的,楼上可以抽烟喝茶打牌。"哎,不管了。大概是我有点感冒发烧脑子糊涂了。我们有十年没见了,差点没认出来。"

"是啊,都长白头发了。"

"小姑娘长大了,还和以前一样美。"说完,黎是维立刻意识到应该称赞她"漂亮"而不是"美"。"美"这个词,似乎太过暧昧。于是他忙补充:"就是比以前成熟了,说不上哪里不一样，一下子不敢认。"

苏夜笑了："说话像长辈似的。对了，你怎么突然回来了？"

"美珍孃孃要我回来办点事。"

"哦，美珍阿姨。她也很久没回了。你们家由几个陌生人在打理。我一直以为你们把房子卖了呢，但又不见别人住在里面。"

"原本是打算卖的……你也不在岛上了。你在哪儿呢？"

"毕业，工作呗。你呢，出国了吧？"

"去了两年，早回来了。兰婆一直在岛上吧？"

"我婆去世了，美珍阿姨应该知道。"黎是维这才注意到苏夜的脸上有几道淡淡的泪痕，因了然她与兰婆的感情，也为她伤心起来。"什么时候的事？"他问。

"就上个月的事。我妈回来了，简单办了葬礼，她急着要卖房子，所以这次回来整理一些婆的遗物。"说到这里，苏夜眼眶湿了，黎是维给她递了张纸巾。"生老病死，没办法的事。小末还在家里吗？"

苏夜叹了口气："婆死了，她也不知道往哪里去。我说要养她，她却怕我负担重，不肯和我去上海。"

忧伤的氛围让他不知所措。反倒是苏夜自我安慰起来："我只是想她，并没有特别伤心，我为她开心呢。那几天正逢她生日，我妈突然回来了。说她八十五了，得过个大生日。"

"你妈妈也回了？"

"嗯，回了，但不和我们住在一起，这又说来话长。"舷窗上聚了层薄雾，她用手指抹了抹，海又复现。"我妈为婆订了寿桃，周边的邻居，疗养院的医生和护士都吃上了，还带她去烧了香。其实婆的脑部前年就开始萎缩，医生说，这病要做好准备，走起来会很突然。我们为她请了护工，换了不知道几个。发病的时候，会骂人，打人。她有吃福，力气大，好几个护工都被她打跑了。小末本来开了家裁缝店，这两年旅游业起来了，手工制品卖得好。后来请不到护工，就把店盘了，又回来亲自照顾婆。只有她，婆再怎么打骂也不走。今年婆突然好转了，夏天时还骑电瓶车逛街。那个交警，我们相熟，每次都睁一只眼闭一只眼。"苏夜说。

"她看起来就像不会死的，身体还很硬朗。我记得她走路比我们都快。"

"哎，你傻哦。你上次见我婆，还是十几年前的事吧。她现在都八十五岁了，怎么可能还健步如飞呢。别看她平时挺神气，摘了假牙就老了三十岁。"

"我记得，兰婆刷假牙的时候见过，那可真是变了个人，就像外星人穿着她的皮套假扮的。"

"她摘了假牙，我是喜欢看的，很滑稽的，但又害怕看到她已经这么老了。她走得很突然，吃了糯米圆子，就去刷牙。'嘭'一声，摔倒了。我们赶紧把她送到医院，直接进了ICU。本来想转院，但医生说婆已经没有意识了，经不起折腾。请个认识的老医生看了片子，建议我们拔掉呼吸机，我料想她没有什么痛苦，算是福气。那天晚上……那天晚上……"说到这里她哽咽了，怎么也说不下去。

他拍了拍她的肩膀。她很消瘦，几乎没有什么肉。"别说了，说多了伤心。"

苏夜抹去眼泪，但声音仍带着哭腔："那天晚上小末就带着她的假牙过来了，我教她用手机拍照，总是学不会。她去世以后翻看她手机，却发现里面有好几张自拍。"

两人沉默了好一会儿，直到卡戎喵喵叫了两声。

"吖，你还带了只猫，叫什么名字？"苏夜马上被吸引住。

"卡戎。"

"冥王星的那颗卫星？"

黎是维点点头，索性将卡戎放出来，抱到腿上抚摸。他按摩着它的后颈，卡戎眯着眼睛，露出舒服的神情。苏夜也伸手挠它的头，它一向喜欢女性的抚摸。

"以前的事，对不起。"黎是维突然说。

"你说哪件事？"

"就是……"他一时不知从何说起，"算了，这么久，你都忘了吧。但我一直想和你说对不起。那时，我心里很乱，什么都没想好。后来你也知道了，我一个人，总是，总是

永劫，或瞬息

在……"

"总是在逃避?"苏夜替他说出他本来要说的词,虽然这是事实,但从她嘴里说出来,他很心痛。

"对,我是个很不好的人,你肯定很讨厌我。"他知道她不可能讨厌他。他这么说,也许是想博取她的同情。

"不,我只是说出你心里想的那个词,但我没这么想。"

她这么说,他心里倒不是滋味起来。"我来找过你。"他说。好像是想挽回,又好像是出于绝望。

"到哪儿找我?"

"雾岛。你不在,那条麻绳也断了。"

"是台风吹断的。"

"找不到你。"

苏夜很惊讶,这么多年过去,他居然还能轻易陷入当时的情绪里,他谈论起那件事,就好像那件事发生在昨天。她神情踌躇起来,只好说:"其实我有点忘了。"

黎是维很快意识到自己过界了,他们已有十年没见,如果没有坐上这班船,大概率再也不会见面。他调整好心情,转移了话题。"听说有人要收我们的房子。"

"是的,是个种田大户。以前把这儿的田都收了,造了蔬菜大棚。后来盖了有机种植园。再到现在又要收房造民宿,我们那片他都要收。我也不住这里了,偶尔回来。小末还看着房子。"

船傍岸了，海面趋于平静，但周围弥漫着雾气，朦胧的落日正湮灭于树腰。苏夜披上了风衣，黎是维夸这衣服衬她。她颇受到些安慰，愁眉舒展开，笑着说衣服是婆的，以前冷的时候，回来没有衣服，婆就给她穿。婆去世后，母亲和小末都保留了一部分婆的遗物。她也选了几件收起来，并没有都压箱底，而是自己用起来。比如玳瑁边的老花镜，取了镜片，换了合适的度数。再比如一只雕花金戒指，她嫌花纹老气，便拴了根链子挂在脖子上。她说经常梦到兰婆，梦中的兰婆就和平常一样，说话的时候中气很足，笑起来特别开怀，口水呛到气管里，嗓子里的息肉作祟，她就咳起来。

"应该要待几天再回去？"她问。

"嗯。待几天。"他说。

"空的话，来看看我。你会来吗？"放客铃声响起，她着急地问。

这话本是黎是维想说的，没想到先从苏夜的嘴里说出来，他就更心存感激，"会的，当然会了，你明天准备干吗？"

"我去疗养院拿婆的东西，然后就没别的事了。晚上可能有人来看房子，也可能后天来。看航班的情况。哦，对了，我不住家里，住朋友的民宿，那里叫荒石园。"

"我办完了事情就来找你。"黎是维拿出手机要加苏夜微

永劫，或瞬息　221

信，但是信号不好，怎么都加不上。"告诉我地址吧。"他打开了手机备忘录。

苏夜摆手说："都是些新的街名，记不住。我说，你肯定知道。"她指着一个虚无的地方，前方的雾越聚越多。就在老街上，原来杂货店的地方。一阵刺鼻的烟味飘来，呛得他们咳嗽起来。"烧荒草和稻草。"苏夜说。他们走出去几步，离开码头，穿过售票处，看到候船室门口睡着一个流浪的女人，她紧紧地裹着一条大花毯，只露出一颗小小的、皱巴巴的头，枕在一块从公交车上拆下来的红色坐垫上。但它看上去一点都不脏，只是褪了颜色，淡得几乎透明。苏夜朝她看了一眼，想起什么又瞬间模糊了。他们继续走出码头，向宽阔的公路走去，心中期盼熟悉的景色。但雾正从他的脚下腾起，与黑烟凝在一处，占据了空间。黎是维想起那天凌晨升起的幽冥般的雾，想起那具被水泥覆盖的鸟尸，刚想和苏夜说句话，一转身她就不见了，消失于苍白。

3 转来

这雾瘴很是奇特，一团团、一簇簇的，浓重之处，连街灯都匿迹了。稍淡一些的地方，尚能见到商铺亮着灯做生意，于是他心生希望，步子也大了起来，想赶紧加入轮廓明晰的世间地带。西岸突然传来低沉的雾号，黎是维朝那个方向望去，头顶忽有一大片低矮的乌云划过。他听到鸟类挥动翅膀的气流声，猜测是一只低旋的大型涉禽，正是候鸟南迁的季节，一些领头的鸟儿已经提前到达。它们常在湿地过冬，有时也在田野和小镇上觅食。

岛屿在雾中变得尤其妖异。一棵矮树到处走动着，凑近一看，原来是交警在路口设置路障。交警对黎是维吹了声哨子，并挥手赶他："路上没车，快点走。"不知往前走了多久，雾终于薄了，能看到沿海风景。只要有一点缝隙，光就不顾一切穿过来，扑向海面，伸向被红色杉树叶覆盖的土地。眼前赭色的小山，像蜷缩着睡觉的猫，一串灯链挂在山颈上，幽微地闪烁着，每走一步，天就晦暗一度，天地大肆变换一个模样，像是走过了好些个季节，好些个年份。

有风的地方雾更薄一些，只是围绕在针叶林周围的一层寒冷的空气。他惊觉这些树竟比从前粗壮了不少，一别十年，连树的成长也可见了。几株参天的落羽杉随凉风摇晃起来，垂荡的枝叶互相碰触，摩挲出神秘的语言。熟悉的小径在暮色中显现，在那上头有一些熟悉的人家，一些亮着，一些暗着，一些睡着，还有一些没了，成了其他的。身后传来急匆匆的脚步声，胶底鞋碰撞着石板路。很快夜归人超越了他，跑到他前头，又消失在拐角处。已过了霜降，那年轻人

永劫，或瞬息　　223

却穿着短衣短衫，脖颈上还挂着汗珠，着实可疑。

黎是维的心中生出一股异样的感觉，一时无法说明。风被夜色削弱了，周遭散发着陈年雨水和土壤腌渍后的浑厚气息。他身边站着一棵熟悉的赤松，脚下躺着一只肥硕的松塔，他捡起松塔，有些扎手，松子已被取食干净，凑近一闻，松塔散发出被焚烧后的焦香味，勾勒出诸多往事的形状，打破平静的心绪。他想起在树上的时光，想起一些人。就在此时，一只松鼠忽然从树皮上浮现，他稍一移动，它就睁大了眼睛往高处爬，很快消失在金绿色的针叶里。天色又暗了几分，一棵柿子树掩映着一栋肉桂色的平顶房，美华家到了。前两年，他听美珍说里面租住着一户做海鲜生意的三峡移民。此刻院门大开着，露出衰败的菜园一角，柿子落了一地，不像有人的样子。

山腰上一团火星幽幽燃烧起来。猫醒了，嗷嗷撒娇，虽是初来乍到，但好像知道归来了。黎是维忽然有些伤心，竟掉下几滴泪来。他的心怦怦跳动着，脸也烧红了。他下定决心，一口气冲到了半山腰，就像小时候闭着眼睛一口吞下苦药。

宅子的上半截没入雾中，下层仍是可见的。走了几步，好像看到一个女孩的虚影在屋前跑，揉了揉眼睛，又不见了，才发现宅前的空地上铺满了金谷子。家里的田已给别人种去，一定是别人借着他们的场地晒谷子。外墙的清水砖缝隙里长出了青苔，连地面铺大理石瓷砖的花纹都模糊了，像一张记不住的脸。白石小径则完全消失不见，被一些建筑垃圾覆盖住。路是会消失的。

小厅的大门敞开着，橘色吊灯早早亮起，摇晃着，映照出一些焦灼的昆虫尸体。所有窗户向外敞开，为的是驱散霉味。门窗和地板都清理过，写字桌上堆着几个空瓶，账本摊开着，覆了几层灰。红木写字桌依然生机勃勃，打开抽屉，迎面便是一具六脚朝天的瓢虫尸体，用根牙签把它翻过来，还是一只二十八星花样的马铃薯瓢虫。玻璃橱里歪着一本《陀思妥耶夫斯基中短篇小说选》，他记得最后的篇目没有读完，好像叫《一个荒唐人的梦》，想取出来翻翻，却发现玻璃门僵了，怎么也打不开。

黎是维从小厅绕到太奶奶的房间，这里已经变成一个番红花养殖房，几面立式空调吹出稀薄的暖气，噪音很大。宅子被占据了。他很伤感，忽听到油锅炸裂的声响。栗子鸡的香味蔓延过来，还有融得刚刚好的菌菇鲜味。美珍果然在灶房里，她精心烫了头发，穿了件时兴的棕色派克大衣，看起来精神奕奕。只不过身上包的围裙满是油污，大概是手头正好没有，好不容易从某个杂物堆里翻出来一件。

"孃孃，我转来了。"

"转来"是雾岛的说法,意思就是"回来"。但"转"这个字又与"回"大不相同,给人以经历了沧桑轮回,转世归来的感觉。黎是维从小在上海长大,并不会说雾岛话,但为了好玩,日常会话里也夹杂着一些雾岛特有的词汇。

"转来啦。"美珍迎来,手里还举着锅铲。"你在厅里坐坐,我现在没得空。还要炒两个菜。"看到美珍精神抖擞,黎是维的倦怠就消散一半。"不去那里,就在这里。那里冷。"他把手插在大衣口袋里,像小孩子一样晃来晃去。

美珍用湿巾抹了抹手,走近黎是维,摸了摸他的脸蛋说:"哦,怕油烟味熏你呀。囡囡瘦了喏。"把他转过来看一看,背包里一张黑黢黢的猫脸浮现。"哟,猫也带回来啦。还真是疼它。"

"嗯,带回来放心点。还有几个菜啊,快别烧了,就我俩吃吗?"说着,他取下太空舱,把卡戎放出来。

"灶头里有烘山芋,不烫手,你饿了先剥一个吃。"她又指着猫说,"放出来要紧伐,不要走掉哦,这里陌生,当心它转不回来。"

"它胆子小,不敢离我,放心。"黎是维跑到灶头,用火钳夹了一个烘山芋出来,果然不烫,在手心里剥开,烤熟的山芋像一枚发红的落日。咬下去,有些焦了,果实的甘甜与火的焦酸融成一股醉心的味道。

美珍拿出两个搪瓷盆,冲洗干净,摆在墙角。黎是维放出卡戎,在搪瓷盆里倒了水和猫粮,卡戎急吼吼吃喝起来,满足后,便窝到一团织了一半的绒线上,洗脸,打瞌睡,一波又一波的煎炒声并没有吓住它。吃完烘山芋,黎是维又跑到美珍跟前说:"嬢嬢,老李怎么没和你一起来?"

"不要他来,他搞不清楚状况。"

"吵架了?"

"没有没有,你还以为小年轻啊。我先去盛菜,你在这里坐坐。"听到嬢嬢与老李感情还好,黎是维放了一半的心。他坚信只要还有念想,还有牵挂,人就垮不掉。

"哦,对了,刚才路上看到一个男小囡往我们家这里走,是谁啊?"

"哪有什么男小囡,这里几家几户,你都知道,毛三十岁的人都少见,别说小孩子了。你看岔了。"

"哪里会看岔,这么冷的天,还穿薄衫呢。"

"是吗?可能是哪个不怕死的人吧。"美珍又多开了一盏壁灯,屋子里的暮色完全消散了。"哎,好多话和你讲。"

"慢慢讲,有的是时间。"黎是维亲热地说。

美珍并不擅长烹饪,这顿饭,倒是烧得很出色,也不知何时修炼了厨艺。

"嬢嬢烧菜越来越好吃了。"

"还不是因为老李,耳濡目染,我也跟着学了点。"美珍又往他碗里夹了筷瀑布似的蓬蒿。"这个新鲜,你多吃,吃

永劫,或瞬息　227

光。看你瘦得来,都没以前好看了。"美珍忍不住捏了一下黎是维的脸颊肉,又指了指卡戎说,"喏,你要像它一样,把这两边吃出来才好看。"

黎是维笑着,不说话,只吃饭。吃完咸的,美珍又打开冰箱,取了装在玻璃罐头里的冰镇桂花酒酿出来,盛了两小碗。

"咦,这不是我们家吃食,哪里买来的?味道蛮正宗的。"黎是维端起酒酿说。

"还是你精,隔壁小末做的。"美珍说。

"她人呢,为啥不叫她一起来吃饭?"黎是维问。

"前两天还在的,我忙着收拾,也不大放在心上。喏,我们院子里熟的柿子,叫她摘走,还是忘了。兰婆一走,她也没了方向,整个人不在状态。这两天做酒酿,是准备冬至放到兰婆坟上的。哦,隔壁兰婆走了,还没告诉你吧?"

"我听说了,路上碰到小夜,她说起了。"

"你怎么不叫她一道来吃饭呢?"

"她说家里乱,住到朋友的民宿去了,应该还要回来的。到时候,我约她一起吃饭,叙叙旧。我想吃小末阿姨做的年糕汤了,正是吃这个的时候。"

"哟,你倒还记得她做的,也就吃过一两次吧,最多了。"

黎是维突然想到美珍和小末之间的过节,七八年前,老李是小末的相亲对象，苏州人，丧妻多年，膝下有一个儿子已经成年。小末犹豫，带着美珍去看人，没想到美珍倒和那人好上了。美珍知道自己不厚道，却也抵不住老李的追求，就瞒着小末与他好了半年。没承想被媒人戳穿，两人从此不相往来。美珍也和老李去了苏州老家，很少回来。

"你们……好了？"

"兰婆走了，她打电话给我。我俩在电话里哭了一个小时，说不出话，人到这时还有什么过节啦。哎，最伤心的是小夜，小末讲，兰婆一只随身的保温杯，她拿去了，走到哪里带到哪里。小末随口一讲，兰婆最爱吃茶的，就算死了，灵魂也要飞进茶杯里。小姑娘居然信了，走到哪里都带着那只保温杯。到底没有白疼她。"说到这里，美珍眼神落在某处，空了，"我最懂的。"收线时，她又说起一件事，"他们家那个，最近放出来了，你晓得？"

"嗯，这么快？"

"我算好日子的，最近回来了。"

"回来了？"

"还不是盘算着卖房，他现在找不到工作，正好拿点钱，听说要开个烧烤店。"

"现在住哪儿？"

"住家里啊。来的时候见着没？"

"见着院子开着，但不见人。原来的租户呢？"

"现在都不让捕鱼了,还留着干吗,早就退租了。"

"哦。他来找你了?"

"哪能,躲还来不及,回来也不住屋里,住在哪里,我是不知道。这人……我不能去想。"美珍欲言又止。

"你是怀疑他。"黎是维干脆地说。

"唉。"美珍深深叹了口气,似乎把灵魂也叹了出去,"这么多年,我憋着没说,凡事要讲证据的。当年安彼失踪,只听见有人说她朝西面去,便没下落了。当年他人在学校里,不是他。"

"但是他……"

"我知道你要说什么。只要一说起安彼,他就不对劲,就算人不是他拐走的,我也知道……就怪我没早知觉,我不配……"她没再说下去。

黎是维听着,但不接话,只端起饭碗,用筷子不断拨动米饭,也不吃。

"你如今大了,也好知道。你太奶奶去世那阵子,家里人都忙,疏忽了小孩。有一天他把安彼带去滑旱冰了,回来以后你妹就变了,不爱说话。做题也做不出来,总和我说,妈妈,我什么都忘不掉。"美珍哽咽道,"我不配当妈妈的,她说这个我没放心上。事后想着不对劲,直到那个人被抓起来,想起以前。有些事情一时没放在心上,很久以后才回过神。就像刚被刀割伤,是感觉不到什么的,直到血哗哗流出来，才知道叫痛。"美珍呜呜哭起来，"知道孩子心里藏了这么多苦，又说不出来，比叫我吃了毒药还难受。""孃孃，你听我一句。我知道这事情，你过不去。你要是过不去，我就陪你。"

美珍低头用力抹着桌子，一块凝固的酱油斑点怎么都抹不去，她就用指甲去抠，但怎么都抠不去。不一会儿，她又想到什么，眉宇一舒展，生出希望来。"等等，你跟我到楼上去看看妹妹。"她说。

"到底怎么回事？"

"我一记头也讲不清。"

美珍放了碗碟，拉着他，慢慢走到楼上。他屏着呼吸，"吱嘎"一记，门开了，房间还是从前模样。

"孃孃，你要我看什么？"

美珍像是踩空了，身体一软，差点摔倒，幸好黎是维及时扶住她的腰。"这两天总是这样。有时候看得见，有时候看不见。"她说。

黎是维心里咯噔一下，"你不要急，我们等下再来看。"

"你是不是觉得我是神经病啊，不是的，不是的。我给她选了个坟，就在新盖的墓园里，那里很漂亮，有四季花卉。就在喷泉边，她喜欢有水的地方，空坟哪，空坟！"美珍呜呼一声，又哭起来。"孃孃，我信的，我信的。我们待会儿再来看。"黎是维说。

洗完澡，黎是维收到了晚弥的消息："打了好几个电话，都打不通，你到底在干吗？"信号确实不好，床头柜上有一部酒红色的电话机，拿起话筒，居然还能用。她虽然困了，但依然不依不饶："收房子的事情谈得怎么样了？哦，那个钟点工我辞退了，和你说一声。"

黎是维迷迷糊糊挂了电话。他很想告诉她，他后悔了。但说出的依然是些不痛不痒的关切的话。晚弥责备的脸庞出现在他脑中，告诉他，每次遇到什么事儿，你都会逃避，你只会逃避。一旦让你选择，就选那个更糟的选项，所以你现在的生活完全是错误构成的，咎由自取。半夜醒来，他已经没有困意，只觉得心口堵着。接着，他先想到晚弥的死，想到胎儿的死，最后便又想到自己的死。

他好像又打了一个电话给晚弥，又或者方才的电话过程被抹去，重新经历一遍。晚弥的声音在电话中变得很温柔："我很想你。最近肚子里的孩子不太动，他好像有点懒。去医院检查，脐带还绕着脖子呢，你说……你说，他会不会缺氧？"

"别担心，上次医生不是说，胎儿会玩脐带，可能绕着绕着就绕出来了。抱歉，这两天不能在你身边。"

"你想过孩子的名字吗？"

"你取，听你的。"

"还是你取吧,你读的书多。"

"那我想想。"

晚上他发消息给晚弥:不论男孩女孩,都叫冠英吧。

消息发出,又显示发送失败。

他非常疲惫,像从十米跳水台上坠入床铺,浑身剧痛,想睡却睡不着,不该吃了感冒药又吃那么多酒酿。他睡着了,或只是昏迷。他走入一条过去的街道,低头看到自己穿着一双过去常穿的牛筋底跑鞋。瞬间,曾经的他与当下的他重叠到一起,界限变得模糊起来,能想起一些人,闻到一些熟悉的气味,却无法将它们组织起来。就像忘记了一部电影,只记得它的预告片,甚至从来不曾看过这部电影。他醒了,解完手回房间时忽听到走廊尽头传来声响,那是安彼的房间。他不由自主地靠近那扇门,响动更近了,似乎还能感受到光和热。他把耳朵贴在门上,还能听到轻柔的鼾声。他像是被一种力量吸附着,内心本能的拒绝反倒化成身体的一股推力。门被打开了。

屋里亮着一盏玻璃雪人灯,是他送给妹妹的生日礼物。逛百货商店的时候看中了,就缠着母亲买下,花去 120 元,从他的零花钱里扣除。三个雪人是一个健全的三口之家,爸爸妈妈和孩子。它被摆在橱窗里是有道理的,它几乎就是整个人类家庭结构的幸福模板。人们一眼就能认定,雪人灯吉祥的，适合摆在家里。雪人爸爸戴着黑色的爵士帽，雪人妈妈和孩子戴着红色的圣诞帽，他们都围着绒线围脖，鼻子是长出须须的胡萝卜。灯一亮，银色的反光纸片在雪人周围起舞。它们望着这场不会消融的雪，满脸幸福。它们没有悲伤的事，所以他一定要买下来送给安彼。后来，她每天睡前都要打开这盏灯，一直看一直看。有时看着看着，就流下幸福的泪水，直到枕头湿了，直到睡着。

现在，她多么美丽啊，眼部的肌肉不时抽动，有小小的马群跑过她的脸庞。现在，黎是维总算可以肯定，她已经死了，如果不是死了，她就不会以过去的面貌回归。他长舒一口气，没有更坏的事会发生。她死了，但还是过去的面貌，甚至比过去更美，更符合他想象中的样子。他再也不用探寻那些床底、门后的角落、枯萎的井、翘起的地板，再也不用想象她支离破碎地坠入底渊，在梦中打捞她的残肢。他忍不住把身体探进去，屋子里是热的，有恬淡的羊奶香气。那熟悉的，温柔的香味吸附着他，忍不住靠得更近。当他迈进一只脚，屋子里的火光倏地暗了，房间也瞬间冷却下来。他看到影子的灰色坠落，房间也恢复死寂，床上的孩子消失了。离开房间前，他顺手拿了桌上的速写本，那是安彼离开前最后的痕迹。

他敲了敲美珍的房门，门没有关牢，轻轻一推就打开了。美珍果然没睡，戴着老花镜在床头翻着旧相簿。"来了?"她好像知道他要来。黎是维坐到美珍旁边,欲言又止,坐了许久,竟没说话,只低头看着美珍翻弄相片。安彼的照片都塑封起来,完完整整。照片上的她就像雪人一样漂亮。美珍见他这副样子,已猜到七八分。她合上相簿问:"一进去,人就不见了?"黎是维点头,依然不语。美珍又道:"我摸到了点规律,人不好进去的,只能在外部观察。只要一接触,就没了。""多久了?"黎是维终于说话。

"两三天了。前段时间有人收老宅,我才回来的,你爸惦记着,老是叫我卖掉。他要结婚了吧?我虽然没打定主意,终究也动摇了,这波错过了,不知道下波什么时候了。发展旅游发展了那么多年,到了冬天还是这么冷清,现在连学校都没有了。墓地是老李劝我买的,还资助了一半的钱。我们想好了,让孩子有个归宿,这么多年我也该放下。回来收拾屋子,突然闻到那种味道。"

"什么味道?"

"刚生下她我没奶水,她又过敏,只能吃一种进口的羊奶粉。就是那种味道。你以前还说,那是奶腥气,我就喜欢这种味道。"

"安彼的味道。"

"后来,我就看到她了。"美珍佝偻着,看起来很虚弱。床头一盏蘑菇台灯将美珍的影子投射到斑驳的墙上,将她的身形放大,又隐去悲戚的神貌,像是一位置身事外的旁观者。

美珍看着自己的影子说:"一开始,从眼前晃过,不过一两秒。我觉得见鬼了,但是自己小孩嘛,也不怕。但后来,她出现得越来越频繁,持续的时间也长了,有时候一分钟,有时候两分钟。最长的一次,我看到她自己穿好衣服走到外面去,走下坡道,不见了,大概是去等公交。"说到这里,美珍又哭起来,"这两天,我最怕的就是她又不见了。就怕告诉别人,他们把我送去精神病院,那我就看不到她了。所以我谁也没说,就告诉了你。还有谁惦记着她呢?"

黎是维抚了抚美珍的背,她的背比年轻时厚了不少,但里面却渐渐空了,拿去了胆和半截子宫。人就是这么一点点消失的,她和小姑父盛大的婚礼好像还在昨日,但仿佛都是上辈子的事情,与她早已不相干了。她唯独还记得的是安彼,大概到世界末日也不会忘记。她随手抽了张纸巾,拭了眼泪鼻涕说:"时间讲不定的,有时候早点,有时候晚点。都是那几天,不是睡觉,就是在写作业,要么就是去赶公交车。就是她失踪前那段时间,循环播放给我看。我也不懂,老天爷叫我看到这些是什么意思,我能怎么办呢?"

黎是维一阵阵发晕,只好用手撑住脑袋,不然它就会落下来滚到地洞里去。

"我以为样样都记得很清楚,其实不尽然。你送她那块手表,她睡觉也戴。明明记得是粉色,却是蓝色的,像一块糖纸。还有那盏灯,亮起来这么好看。那时候还好呢,现在不亮了。"

"嬢嬢,别讲了。"

"还有一件事奇怪,我从前没注意,她总是做题做不下去,拿起笔就失魂落魄……"

"别讲了,别讲了……"黎是维小声喃喃道。他感觉周围正在塌陷成一个深洞。

"你害怕了?"美珍问。

"不,不是……"黎是维浑身打着冷战道。美珍摸了摸他额头,烫手。背上、额前发着虚汗,"哟,生病了。"

"嬢嬢,我不能留在这里,我们不能留在这里。你们走吧。哦,不,我们走吧。"他的声音很小,胡言乱语起来,好像故意不叫人听见。但美珍听得很明白:"走到哪里去?我不走。我哪里也不去,我女儿在这里呀!"

他抄起还在睡觉的卡戎就往外走,无处可去,只好朝着苏夜指的地方走。雾没有尽头,雾在追赶他。他跑起来,想把那凝重的雾甩在身后,但他身边还分布着无数个雾团,包裹着流动的人形物。至多三公里路程,却在雾里走了一夜。晨光正起,一栋乡间别墅在赤松林中隐现,围墙上放置着一只干瘪的南瓜,烛火已熄。他浑身湿透,按响了门铃,卡戎迫不及待从他肩膀上滑下。

4 涌现

黎是维从一间陌生的旅店房间醒来，瞬间忘却浑浊的梦境。他身心俱疲，大概是席梦思软过了头，睡梦中不断陷入毫无依托的绵云中，挣扎、窒息、坠落、挣扎。他的视线慢慢凝滞到墙壁上挂着的小幅装饰画上，是勃鲁盖尔的《雪中猎人》。画仿佛由一点膨胀开来，将整个房间拢入。寒枝雀静，猎人们挨过最后一场暴风雪，正扛着猎物往村落去。狗兴奋地嗅来嗅去，村子的气息就在不远处。整个冬天都凝结成一块完整的冰，结实地承载着欢愉，永不消融。他的心仿佛随画荡漾而去，到达极寒与清冽之底。

有风从翕开的落地窗里灌进来，游入他单薄的格子睡衣里，衣服是女式的，有微弱的梅子甘甜。房间内几乎没有什么摆设，床头的隔板上零星散着几本旧书，一眼看到《魔山》，再是《四种爱》《陶庵梦忆》和《索拉里斯星》。他闻到一股酸涩的味道，像是枯木燃烧，以为哪里起火了，起身四处寻找源头，才看到床头摆着一只烧了半罐的蜡烛。瓶身上写着：Montana Forest，气味便是从这场微型林火中来。他走到床脚凳处，发现上面早备着一叠衣物：白色打底衫，克莱因蓝扭花毛衣和奶油色灯芯绒裤子。他换上衣服，闻到一股丝柏树和香皂的干净气味，站在穿衣镜前一照，有点小了，袖子和裤脚吊着，让他想起发育迅猛时那些来不及长大的衣服。

卡戎不在床脚，也不在窗边。黎是维一边唤着卡戎，一边走出房间，进入一条冷飕飕的走廊。走廊窄而长，铺着绛红色印花地毯，两侧都是门窗大开的空房间，没有其他客人的影子。他急着想见到苏夜，听到楼下传来人声，便顺着楼梯走到了民宿大厅。

这是一个低矮的木质空间，偌大的窗外是青黄不接的树色，几根率先光秃的树枝盛起一碗豆绿色的凉茶，那么小的海。相较初部这儿算得上高地，离落部尚有一段距离，能看到几辆玩具般的小车正在青灰色的公路上缓行。

黎是维唤了声"卡戎"，却唤来一个娇小的女人，她的怀里正抱着失踪的猫。"哟，这就起来啦，不再躺躺吗？"女人穿一身黑色波希米亚连衣裙，罩着一件棕色麂皮提花小背心，衣着上繁复的流苏垂到脚面，露出笨重的松糕靴子，如矮马被烙了蹄铁。她有些年纪了，并不十分好看，却别具神秘风情，引人遐思。黎是维猜她应该是荒石园的老板，于是说："差不多好了，以为猫丢了，就出来找。没想到它倒给自己安排得挺好。真是麻烦您了。"卡戎见主人数落它，赶忙两腿一蹬，从女人怀里逃脱出去，又贴着主人的腿蹭来蹭去撒娇。黎是维弯下腰，摸了摸卡戎的头，接受了它的献媚。

女人笑着说:"我平时喂野猫,有些存粮,它吃了不少,胃口真不错。"还没等黎是维开口,女人又说,"赖姐帮你洗了衣服,还没烘干呢。你身材好,小夜的衣服穿着也好看,就穿着吧。"女人说着,又随手撩起一条毯子裹在身上,懒懒打了个哈欠,就像刚从伍德斯托克音乐节的露天营地里醒来。

"您太周到了,不知道怎么称呼?"

"叫我 Charlie 就行。"

"你好 Charlie,我姓黎,可以叫我……"

"豚豚吗?小夜叫你豚豚,我们都知道啦。上海人给宝贝孩子取的宝贝乳名。"Charlie 开玩笑时声音变得十分软糯,让人想起台湾甜品里的芋泥。她的神情依然生动、年轻,隐隐看出打了杏色的腮红,鼻梁区域透出一片均匀的雀斑,如鹌鹑蛋壳上的花纹。"昨晚上你浑身都湿透,烧到 39℃,小夜帮你擦了身体,换了衣服。"

"小夜呢?我找了一圈,不见她。"

"说是去疗养院拿点东西,应该很快就回,你可以在这里等她。对了,昨晚你可把我们吓坏了,嘴里还说胡话,什么……转来了,转来了,我听不太懂,以为你中邪了。"

"我完全不记得了,是发烧说的胡话吧。"

"那样子可叫人心疼呢。听小夜说,你是回来找亲戚的吧，家里出了什么事？"

黎是维紧张地说："没……没什么要紧事。"他马上岔开了话题，"对了，我没带钱包，可以线上支付房费吗？"

"这会儿哪里都没有讯号，网路瘫痪了。不过都是自己人嘛，不要担心，等网路好了再结算。我呢是这里的门房，有什么事找我便是。"Charlie 爽利地说。

黎是维还有点虚弱，倒头扎入一张绒布沙发里窝着。他拿出手机，想拨电话给美珍，犹豫半天，又放下来。昨晚他分明亲眼见到了陈安彼，此刻心中却犹疑起来，夜晚发生的事到底不能作数，他知道该尽快回美珍那里去，把一切搞明白，但又怕往事的旋涡将他卷走。这时 Charlie 忽然递给他一份菜单："吃早餐吗？这会儿赖姐正忙，要吃的话我给你做，不过……可能会难吃哦。"Charlie 糯糯地说。黎是维的确饿了，于是点了份培根蛋加一碗白粥。大厅靠窗的一侧辟出一个小吧台，供客人点餐，吧台里面是一个五脏俱全的开放式厨房，有橱柜、灶台、冰箱和咖啡机。Charlie 在那儿忙活了一阵，把餐点用餐盘端到了黎是维面前，可惜培根和蛋都煎得过老，又干又硬，食之无味。好在白粥是现成的，大概一大早就熬上了，闷在砂锅里，还温着，米粒已化解，不厚不稀，清香而莹亮。配着榨菜吃了两小碗，黎是维的精神和体力都已恢复大半。

Charlie 收完碗碟，打开窗户抽烟。窗户下方是一个玻璃花房的天顶，里面养着茶花和月季，还有一缸肥胖的金鱼和几只懒得爬行的陆龟。Charlie 顺手用筷子夹了两块培根，随意抛掷在窗户外的玻璃天顶上。不一会儿，一只三花猫轻盈地落到玻璃天顶上。卡戎见有陌生的猫来，竟害怕得躲到桌子下面去。黎是维起身去看，三花猫体态瘦弱，只剩一只耳朵，问起缘由，Charlie 遗憾地说是被貉子咬掉的。黎是维正要伸手去摸，Charlie 连忙制止他："小心，我被它抓了好几次。""这么凶？""不是凶，是在保持警惕和野性。"

　　三花猫嗅了半天才找到培根，拨弄两下漫不经心吃起来，边吃边喘粗气。"生病了？"黎是维问。"它啊，大概是肺炎或哮喘一类的病。老板想带它去看兽医，好几次诱捕都不成，手臂都被抓花了。没办法，混不熟。它自有一套生活准则，不允许我们过分亲近，倒是我们越界了。""有名字吗？""就叫花儿，老板的女儿这么叫它，就都这么叫了。"

　　"花儿。"黎是维轻轻唤着猫的名字，只见它碧绿的眸子里透出一个微型的、晶莹剔透的世界，里面也有他模糊的身形样貌。猫的视觉敏锐，拥有发达的角膜、能够弯曲的水晶体和控制光线的瞳孔，但视力却只有人类的十分之一。猫咪的世界和人类的世界隔着一道无法跨越的壁垒，想要跨越何其困难。花儿吃完培根，又咚咚消失在树影中。

　　Charlie 说，花儿智商不高，身体也虚弱，每窝只产一两只幼崽，多和它一样孱弱。第一次生育，生在低处，几乎全被貉子叼走了。第二胎只生了一只，也是三花。喏，就生在花房外面的鞋柜里。小三花是在老板的雪地靴里满月的，长得好些。唉，世事难料，快断奶时却被快递员撞死了。花儿回来的时候，小三花的尸体已经被清理走，地上只剩一摊血。花儿来来回回转了半天找不到孩子，最后回到这里嗅了嗅地上的血迹，好像明白了，或者说接受了。真可怜，黎是维叹了口气说。Charlie 继续说，花儿平时不理人的，那天它却一直坐在路边，有人经过就跑过去，探头探脑，好像在打听孩子下落。晚上来了几个认识小猫的游客，他们谈论起小猫的意外，它还伸着脖子认真听。好像在试图超越什么，但终究超越不了。我总有种感觉，它们要是再演化几代，就什么都懂了。

临近午时，屋外传来一阵凌乱的人声。Charlie 眼睛一亮，从沙发上坐起说，回来了。荒石园的主人终于从附近的矮山中徒步归来，一家三口全身沾满了棕红色的针叶，鞋上浮着潮湿的青绿色淤泥。他们在门口的脚垫上蹭着，拍打着，玩心未消，还在忘乎所以地谈论着方才的欢愉。Charlie 麻利地拽了三双干净拖鞋让他们换上，一个穿着彩虹毛衣的小精灵率先飞进来，她手里提着个精致的小竹篮，头上戴着两只风车发卡，欢快地转动着。女主人一进屋子，便对黎是维颔首微笑,像是熟识的故人相见。最后进来的是男主人,消瘦的中等个子,比女主人年长不少,说四十可以,说有五十也并非不可能。

Charlie逐一介绍,这是周余,这是苏游,豚豚你们都见过了,苏夜的小情人。她朝黎是维诡笑着说。黎是维瞬间面如熟柿,竟语无伦次起来,连声否认。在梦眨着大眼睛,失望地说:"把我忘了。""对,还有在梦,Charlie的小宝贝。"Charlie俯身去摸孩子的脸,却被她刻意躲开。"到底是大了,不亲了。"Charlie收回手,有些失望地说道。

黎是维拨了拨女孩头上的风车说:你叫在梦吗?名字真好听。和他预期的天真稚嫩有所不同,在梦定定地看着他,看得他有点发怵。她拐着一只小竹篮,神神秘秘盖着层餐布。黎是维便问里面是什么。在梦用手捂了捂餐布,粉嘟嘟的小嘴一撇,神情犹疑。这时卡戎忽然蹿来,喵呜一声,将这小人钩了去。黎是维则被女主人绊住说话:"又见面了。"女主人戴着一副淡紫色的近视眼镜,身上的衣服灰扑扑的,看不出什么色彩。她的身形、眉眼和苏夜相似,但毛发更幽淡,气质更娴静。他努力回忆却实在想不起在哪儿见过。

"开玩笑的,我们是初次见面,我是小夜的堂姐。"苏游说。

他们简短地聊了会儿天,黎是维忽然又想起苏夜,便想借一辆车去接她。苏游说她快回来了,让他再等等。在梦玩了会儿猫,又觉得无趣,便一点一点挪近客人,趴在沙发边摆弄着她的小篮子,客人并不识趣,没注意到她的用意,她只好扯了扯他的衣角,然后变魔术般揭开餐布,将里面的宝贝展示出来。黎是维惊了一跳,里面竟是一只蓝紫色的伞菌,亮得像一块糖纸,伞柄又异常细腻,简直像人的皮肤。"这是哪儿来的?"

"在山里呀,只有这一只是这个颜色。"在梦说。

"让她扔了,就是不肯,和我闹脾气。我看着像有毒的。"她母亲担心地说。

"它没有毒!"在梦气呼呼说道,脸涨得绯红,就像一颗即将炸开的石榴。

"好啦,拿了要记得洗手,不准把手放嘴里!"苏游厉声说。

黎是维忽然想起小时候听过的菌子逸事,就顺口说了出来:"我听老人说,有种好看的蘑菇,会被人捡去,趁人不注意的时候,就会变成一个小人。你看,这只蘑菇这么漂亮,会不会也变成一个小人。""那才好呢,变成小人和我玩吗。""没那么简单,它要变成人,但没有模板,于是只能照着你的样子变,变成和你一模一样的小人。"在梦瞪圆了眼睛问:"变成我?""嗯,变成你的样子,你的爸爸妈妈,就变成了她的爸爸妈妈。""那我怎么办?"在梦有些忧虑地问,"我会变成蘑菇吗?"黎是维见她当真了,只好改口说:"哎,不和你开玩笑了。这只不过是大人骗小孩的故事，是要你当心有毒的蘑菇，很危险。我们把它给妈妈好吗？"在梦闷闷皱着眉，又把餐布盖回到了蘑菇上。黎是维与苏游交换了下眼色，趁机把小竹篮交到了她手里。

周余在开放式厨房里备菜，将早上化冻的羊排洗干净铺到砧板上，从刀架上抽出一把红檀香木手柄的菜刀，在磨刀石上舔了两下，然后沿着肋骨劈开。羊排被切成七八份，用清水洗净，佐以食盐、黑胡椒、薄荷叶、迷迭香和橄榄油腌制。处理完羊排后，周余感到身心放松，又开始用肉桂、干柠檬和剩下的迷迭香煮红茶。煮完后，悉心清理了台面与水池，用托盘倒了四杯热茶，移步厅内。"喝茶。"他将托盘放到桌上，端起一杯递给黎是维。"多谢，茶很香，刚才煮的时候就闻到了。"黎是维也不再客气，大方接过热茶饮起来。周余继而又叫妻子与Charlie过来同饮，她们应了却并不见人来。周余叹气一声，便与黎是维有一搭没一搭地聊起天来。

"听说你昨天才来？"周余啜着茶问。

"嗯，昨天才来的。"

"有没有看到什么异象？"

"您说的异象是……"

"哦，没看到就算了。"

"那这么说，您是看到了？"

"也不知道是看走眼还是什么。"周余放下茶杯,神色有些为难地说,"昨天荡舟的时候,似乎看到湖面底下有什么东西,特别大。游过我的船底的时候打了个扑棱,差点把我的船顶翻。我吓得浑身哆嗦,也不敢去看,只感觉它游过去的时候,水面都暗了几度,像一片……"

"像一片乌云?"

"对,就是乌云。我不确定是什么,就是被吓了一跳,急急忙忙就回来了。她们啊,没有亲眼见到,都说我做青天白日梦呢。那个水杉林,只有天文大潮的时候涨水,与几条支流相连,多是些底栖生物,很少见到大鱼。更别说那般大的了。"

"依你所见,那乌云,会是什么?"

"生物,我能肯定。钓了这么久的鱼,还是能分辨出来的。"

这时 Charlie 穿好外套,向周余打了声招呼,正要出门去采购。周余拦下说:"外面大雾,好多地方都封了,你也别去了。来,陪我们喝茶。"

"家里菜不够了,总要添置点。昨天就封路了,我以为今天就好,没想到更严重了。我随便出去看看,也许菜市场还开着呢。"

"整个出部都封了。你还是到隔壁张姐的自留地里割一点。和赖姐一起去吧,怕你一个人搞不定。""不就换些菜吗，这还能搞不定？""昨天我钓了条黑鱼，养在玻璃房的池子里，你可以叫赖姐捞出来，拿去和邻居换，多换点萝卜、土豆、白菜什么的，好保存。"

黎是维听说出部被封，心里十分焦急，赶紧用座机打了个电话给美珍，通是通了，却响了十几声才接听。

嬢嬢——封路了！

电话那头充斥着杂音，像隔着一潭水。

知道啦——没事——冰箱里有肉——园子里有菜——小末那里有米——什么都不缺。

我会回来的——你等我。

"喂"了几声，那边仍然没有回应，也不知道何时挂的电话。

黎是维不安地朝窗外看去，凉茶般的海消失在灰色的雾霭中。突然听到机械的噪音，两人闻声到露台上查看，竟是一架直升机呼啸而来。在梦也跑到屋外，兴奋地指着天空。"飞机！"直升机在空中悬停了一会儿后从他们头顶飞掠，强大的气流带来一阵旋风，消失在落部浓厚的密云中。朝着落部飞去。出来看热闹的赖姐忍不住说："活见鬼，怕不是谁要死了，派直升机来接。"周余说："不要说那些不吉利的话啦。"苏游不知何时出现在黎是维身旁。她说："这直升机来岛上从来都没好事。"停航的时候，遇到急救的人，只能花重金叫直升机过来，要不就是个死。直升机消失后，天空苍白一片，无所透露。

大家回到厅内，围坐在沙发上。周余打开电视，换了几个台，都是雪花。刚要关电视，苏游拦下说："试试19台，有卫星锅炉，说不定收得到。"周余转到19台，果然有画面。一位政府官员一脸轻笑着接受采访："其实这种大雾并不是特别罕见，历史上也有过几次。但请大家留在屋子里，不要到处走动。这种情况很容易发生交通事故。记者问：有什么提醒大家的事项？他笃定地回答：岛上停电停水是常有的事，很多家庭都有发电机和备用水。未来可能会出现这种情况，我们会尽可能保障能源和食物的供应。请相信我们，很快大家就能自由……"说完，画面又变成了雪花。

黎是维旋向周余借了辆小皮卡回出部，还没开到一半，就看到几辆警车的蓝灯在雾中闪烁，让他想起在纪录片里看到的深海怪鱼。几个交警举着电警棍拦上来，驱赶他。眼看回不去，便又折回。雾扑上来，雨刮器无力地抹除着什么。那前方是苍白的一片，所有的景物都覆盖上一层薄雾。车蹦过一处高地，又骤然落下，途经一片刚被割完的稻田，他看到一只瘦瘦的熊在行走。一个急刹车，车停下了，他抹去车窗上雾气，定神一看，原来是个人。他摇下车窗又辨认了会儿，才认出是苏夜。一堆荒草燃烧着，在地面烧出一片凝重的焦黑色，她就站在依然冒烟的滚热的中心，黎是维迫切跳下车，边跑边喊她的名字：苏……夜。她回过头，朝他淡淡笑了笑，好像早就预见到他的出现。"刚才看到一只很大的鸟，从这里飞过去，飞得很低。我在找它。"她说。

"什么大鸟？"

"像是一只白鹳。飞得特别低，特别低。我没看清，一下就飞过去了。"她忧戚地说。

黎是维突然发现她脸上有血痕，便问："脸怎么红红的，哪里割伤了？"

苏夜的神情略显尴尬和狼狈，说是不小心弄的，那几道血痕因此更深刻了一些。而后他谈起封路的事，她不惊讶，也不在意，只轻描淡写地说，雾总是会散的。她的态度使他坦然了许多。两人在稻田里走了会儿，脚底发热，身心舒畅起来。她也放下一切，倾诉起来："我婆那样一个聪明要强的人，大概怎么也想不到有一天突然就糊涂了。差不多也是这样的季节，我在写一个中篇，因没有头绪，就到东海另一个僻远的小岛上住了几周，找找灵感。突然就接到小末阿姨的电话，她平日里就不喜欢打电话的，我心里咯噔一下，预感到不祥。果然，她说婆不对劲了，在藤椅上小憩了半小时，醒过来就开始嗤笑。小末猜是窗没关好，一时受了凉。我叫婆听电话，她已经说不出完整的句子。只重复一句：小夜啊，我不懂了。我问，什么叫不懂了？她又是一阵嗤笑，挂了电话。不知是笑我，还是笑自己。"

黎是维停下了脚步,面向她说:"要是难过,就别说下去了。"她把脸的一半缩在衣服里,看上去瘦削得可怜。他伸手想将她笼络进怀中,却因为貂衣太过庞大,无从下手,抬起的手又放下了。苏夜一直低着头,看着靴子上跳跃的秋蝉,并没有留心他内心的斗争。

苏夜又走动起来,继续说:"我又打过去,小末接的,人已经送到医院了,医生诊断,她小脑已经萎缩。至此才住进了疗养院,先前的要强,都像是前世了。和一个比她更不懂的人分在一个房间里。婆嫌弃她偷吃东西又曾抹大便在床板上,总是吵着要换床位。那边床位紧张,婆换不得就打人,打跑了好几个护工,连小末也被她打过。上上个月,还摔了空调,我们赔了两倍的钱,那边才不至于撵人。我也不能写了,回来陪她,她认得我,但总不信我真留下来陪她了,怕死在家里,住了几日又搬回疗养院,她知道自己脑梗过,是不能离开医院的,这就成了死局。即便这样,我还是觉得她那样一个人,不会轻易死的。"

走了一圈又回到焦黑的原点,她把手插进貂衣袋中,依然像只瘦削的、营养不良的熊。"婆走之前还想换床位的,总是带我偷偷去看一间清净的单人房,靠海的,空气也新鲜。床上的老人躺了几年,形容枯槁,油尽灯枯。她挽着我的手臂,调皮地说:苟活不了几日了。我和管事的说了,就要这间了。有了盼头,她就等啊,万万想不到自己却先死了。和你说过了,死在家里。我们都在,她还吃得特别多,精神也好。我妈说,就像老天爷多给她批出来的一天。她死了,疗养院很快得到消息,几个不要脸的护工瓜分了她的物件。拿就拿吧,也不值钱。但这件貂皮大衣,是她最宝贝的一件,特意穿到疗养院显摆的。结果人一死,就被隔壁床的偷去。今天我去了,她还大摇大摆穿出来,我当然要扒下来。她儿子见我扒他娘的衣服,就上来打我,于是就有了这几道伤。"苏夜一边说,一边露出滑稽的笑容。

听完,黎是维眉头一紧,认真说:"干吗不等我一块儿去呢,好歹有个帮手。"苏夜咯咯笑了两声,不说话了。她好像从没有一下和他说过这么多话。

突然,防空警报的鸣笛声响起,一辆黑色轿车开近时,司机摇下车窗,神色张皇地说:"封路了,快走吧。"他们看到不远处的几辆甲虫似的小车被警察拦下。防空警报平息之后,又听到一声可怖的动物嘶鸣穿透山林,他们闻声向目力所及处望去,一座墨色远山从半空中醒来。后方一阵骚乱,又似乎听到枪声。车子发动了,他们都注意到后视镜中可疑的异动,他们默契地屏息,没有出声。黎是维轰了脚油门,皮卡吃力地在公路上爬速,沥青路面在轮胎下瑟瑟发抖。

5　分形

车里越来越冷，苏夜打了个哈欠说："就像假的一样，那个太阳。"她的声音因疲倦和寒冷而嘶哑，黎是维打开暖气，车内逐渐温暖起来。

"听说，你结婚了？"

"嗯。我的孩子也快出生了。"

"你爱他吗？我很好奇，人们对未出世的孩子，抱有什么样的感情。他们天然爱他们的孩子吗？"苏夜说这番话时并未带有针对任何个人的意思，她只是站在空间的泡泡之外凝视着他，所以他并没有感觉被冒犯。

"有些人，在自己还是个孩子的时候就开始期待他们未来的孩子了，所以当他们见到自己的孩子，会觉得很熟悉，因为他们已经等了好多年了。但我并不是，我没有任何期待。有时看着妻子的肚子，我甚至觉得里面是一只异形。但我又能感受到自己的变化，好像正在变成另一个人，我在被他吸收。"他回答得很坦诚，像是递给苏夜一把放大镜，扒开自己的伤口让她观察其中化脓的小河。苏夜并没有为他的孩子感到遗憾。因为她就是这么长大的，就像她也并没有为自己感到遗憾。"即便你不爱他，也无法剥夺他的爱，就是这样的。"

又转了两个弯后，黎是维与苏夜说话已得不到回应，她竟睡着了。"这一日也像假的一样，好像是历史之外的一天，真是奇怪的一天。"他自顾自说着。他没有想到，有一天苏夜还会坐在他的副驾驶位置上，睡着了。就像她说的那样，仿佛是老天爷另外批出来的时间。他突然觉得有些幸福，即便在这如此怪异的情境之下，反倒让他感觉到真实。而日常的吃饭，上班，却让他距离心中的真实越来越远。在这团迷雾中，未来也许并不重要。

离荒石园不到一公里处，车开不前了，公路上乌泱泱一片站满了人，将整个路口堵住。人们困惑地望向灰白的天空，有人挥舞手臂，激动地说着什么，还有人双手合十，虔诚的双眼中甚至注满泪水。

不得已，车在一个即将上坡的路口停住。黎是维怕鸣笛声吵醒苏夜，便下车去驱散人群。"请让一让好吗？"他大声说，但没有人理会。他们仍然看着天空，半是惊讶半是恐惧。他只好放大声音说："我要开车过去，请让一下好吗？"一个年轻人发现了他，便大声对人群说："车来了，大家让一让。"年轻人用手一拦，开出一条窄道，他说："快点走吧，等下警察过来，就不准开车了。"黎是维说："谢谢。请问你们都在看什么？""哦，海市蜃楼，你刚才没看见吗？刚才还有呢。"放眼望去，半空中浮着一道浅浅的光带。他指着光带说:"就是那个吗?""嗯,刚才不是这样的。""刚才是什么?"周围人七嘴八舌,有人说是一面镜子,有人说是一座岛。但没有人敢说那就是神,人只能虚构出神的形象,但当他们真正离神很近的时候,是无法辨认出来的。

把车停好时,苏夜恰好醒过来。浓郁的食物味道在头顶盘旋,他们都饥肠辘辘,因此加快了脚步。进屋后,他们发现电视上正播放英格玛·伯格曼的《呼喊与细语》,但没有声音。周余与Charlie分坐吧台的两张高脚凳上说话,喝着一瓶自酿米酒,酒的浊气一阵阵逼来。他们看上去情绪低落,悲伤不已。见他们来了,Charlie并没有招呼的兴致,只说自己累了,便回屋休息。

周余想请客人喝酒,但客人们都不想喝。"也罢。带你们看看下午的收获。"周余说着,将他们引至厨房,打开冰柜,里面躺着用保鲜袋装好的土豆、白菜和各种菌子。灶台下面还躺着两具尸体般的冬瓜。"楼上还有大米。我们下午到处搜刮,搞来这些。哦,对了还有许多罐头,上次停航的时候备了很多,这下都派上用场了。我叫赖姐开始腌菜了,不用担心。院子里还有鸡和羊。"周余显得兴奋异常,好像进入了战时状态的士兵。他差点忍不住带他们去看他真正的存货。在被电子门锁住的地下室里,有一个连Charlie都不知道的秘密。

永劫,或瞬息

周余经历过一次强烈的地震,他被困在一个卫生间里,靠喝厕所的水活了下来。他的双亲去世,他成了一个孤儿。地下室的大冰柜里,有100听保质期超过五十年的美国山屋牛肉罐头。除此之外,还存有一定数量的蜂蜜、谷物、鱼罐头和压缩饼干。荒石园离内湖水源地非常近,所以只配备了储水容器、净水器和净水药片。谢天谢地,他们没有基础病,家里的止痛片、消炎药都可以维系一阵子。医药包里还有一些外科器械,能够应付清创缝合。

展示完下午的收获,周余张开手臂说:"新纪元要来了!"他们又回到厅里。苏游正在看19套的新闻节目,没有新的消息,依然是上午那条新闻的重播。周余快步上前,关了电视。苏游愤愤地说:"你没看见我在看吗?"

"说白了,就是剧本。"周余轻笑着说,"我以前也干过记者,新闻是一个窗口,有时要反过来看。"

苏游自顾自又打开了电视。新闻里正在播报每天送菜的时间,苏游一边听着新闻,一边用美工刀打开了一个快递包裹,"奇怪,怎么是水彩笔,我记得买的明明是一套英文卡片,有动物,有水果,还有交通工具的。"

"寄错了吧?"苏夜说。

苏游打开淘宝记录一看,买的确实是水彩笔。"还真是我记错了。"她说。

这时,在梦走了过来,指着彩笔说:"妈妈,我要画画。"这时,她的父亲瘫倒在沙发上,嗤笑一声,又喃喃自语道:"不是你记错了,是'果'改变了'因',改变了你内心的历史。"

苏游说:"你喝醉了,满嘴胡话。"她将水彩笔从快递盒里取出,递给女儿。

"信可以论证之事,谁做不到呢?神是不可见的,我就信这不可论证之物。"说完他从沙发滚落到地上,打起滚,一会儿又像个孩子一样蜷缩着,又哭又笑,最后睡着了。苏游放下纸笔,帮他盖了毯子,摇了摇头,冷淡地说:"他是基督徒。"她并没有可怜丈夫,也没有觉得丢脸,仿佛她也只把他当作客人,和黎是维一样的客人。她只是为了不让他生病才盖上那条脏兮兮的毯子,并不是出于爱。

在梦闷闷不乐地在写字桌上练习画画。她在纸上胡乱涂画,只有一些无序的线条,没有任何图画,没有孩子们常画的苹果、房子、爸爸妈妈,或是他们自己。画了一会儿,她的泪珠子一颗一颗地掉下来,忍不住大哭起来。黎是维走近孩子,俯下身说:"在梦,你怎么了?""蘑菇不见了。"在梦轻轻地,忧伤地说,每一个词语都像是溺水挣扎的小人,她好像把降世以来所有的伤心都注入了这句话中,蘑菇不见了。

苏夜也走过来,温柔地对在梦说,"叔叔会画画的,让他给你画一个一模一样的蘑菇。"在梦看着黎是维,眼神中充满渴求。黎是维从在梦的铅笔盒中挑选出一支钝钝的铅笔,先勾勒出形状,再用虚实相交的笔触勾勒出细节,那只蘑菇的大致形态已跃然纸上。在梦终于不哭了,她把画贴在胸口,又拿起来亲了一口,甜蜜地笑着。"我教你画吧。"黎是维说。在梦摇摇头,拿着蘑菇的图画,走开了。

苏游给他们做了两杯咖啡,递过来说:"她画不了。她的脑中没有具体的形象。"

"没有具体的形象是什么意思?"黎是维问。

"闭眼想象在大部人眼中是理所当然的能力,但有一部分人,大概百分之一的人们,无法在脑海中勾勒出事物的样子。有一个专门的名词,Aphantasia,心盲症。这不是一种疾病,也不需要治疗。"苏夜说。

"孩子听恐怖故事,也不会感到害怕,因为他无法想象出恐惧,更无法复制恐惧。"苏游补充说,"没有什么影响,美术课能蒙混过关。她没有具象的想象,也倒是有好处的。"

晚饭时,周余酒醒了,他准时烤好了羊排。赖姐用他们采摘的菌子烧了汤,异常鲜美。饭桌上她不断地说,那些菌子长得就跟人一样,差不多都是水。吃完又搬来自己泡的桂花米酒,她自己不胜酒力,先去休息了。大家喝了不少,逐渐疲倦了。这时周余与Charlie竟脸贴着脸,旁若无人地吻起来,酒气融进了酒气中。苏夜见这场面,赶紧拉着黎是维离开。她对黎是维说，天台上有一台望远镜，是苏游的朋友寄来的，邀请他一起去看看。

他们通过狭窄的楼梯，来到了天台，那里有一台小巧的折射式天文望远镜。苏夜一边熟练调试，一边对黎是维说："其实周余与Charlie很早就在一起了，但Charlie的家在宜兰，她在那里有家庭，有孩子。他们将要分手时，周余认识了我堂姐，他们很快结婚，还生了一个小孩。没想到Charlie却不想走了，还帮忙照顾孩子。苏游一无所知，孩子渐渐长大，把Charlie认作干妈。直到最近，苏游才发现，他们一直没有分开。"

雾散去一些，能看到明亮的天狼星、木星、土星。苏夜又把镜头对准了火星，萤火般的火星，一夜比一夜亮。苏夜叫黎是维来看，在目镜中，它就像一块燃烧的铁，视宁度转好的一刻，南极冰盖与氧化铁大陆随之赋形。

"没想到你还会调试天文望远镜。"黎是维的视线离开目镜，他看着苏夜的眼睛，火星的虚影与苏夜的瞳孔重叠，消逝在一潭黑水中。她很久没有说话，直到雾又凝聚在一起，擦去昏冥的默哀。

夜深了，他们从冰柜里拿了一瓶梅子酒和两只玻璃杯，又回到那间有落地窗和《雪中猎人》的房间。他们并不想做什么，只是想待在一起。

"我看过你的小说,一场签售会我还来了,你没有发现我。"

"是上海那场?"

"不,是南京那场,南大附近那个书店人不多,我就坐在最后一排。你心不在焉,好像有点不开心,我就没有打扰你。"

苏夜许久没有说话,连倒了两杯梅子酒,都喝完了。

"你觉得,写得怎么样?"苏夜又问。

"我不懂文学,但我很喜欢。"黎是维说。

"销量很差。卖不掉的都化了纸浆。化纸那天,我还去看了,虽然他们都叫我别去。就像在嚼碎自己最怕的东西,嚼碎我自己。我突然知道为什么会怕鸟了。你还记得小时候,我们一起埋过的麻雀吗?"

"记得,就埋在竹林里。"

"后来那里被灌了水泥,填平了,停车用。有时我梦到它渴了,想喝水,就吓得发抖。"

"你在书里写过,梦到很多鸟的尸体。"

"我梦到老屋,屋子里很黑,我牵着安彼的手往外走,门口横卧一株枯树,树瘤里环抱着一具小小的、肥硕的鸟尸。再往外走,差点踩到一具更小的已经风化僵硬的鸟尸。惊觉周围原是一片鸟的坟地。我们继续往外走,很快看到光亮,空旷的乡间小道上,清晨的阳光斜射在麦田上,风吹来，麦浪涌动。这不是梦，而是曾经真实存在过的麦田。我预感到在往后的岁月里会不断回想起这一刻，除了温柔和沉静，没有任何内容。甚至在我们诞生之前，这片麦田就已经存在，飘荡在一个不可知的空间里，最后降落在我的梦中。

"梦中听到有人对我说不要张开嘴，会有雀鸟飞进去。我'啊'了一声，他说，呀，飞进去了，但我什么也没感觉到。他让我吃一种木屑，并告诉我，不吃的话会死的，吃下去把它呕出来，不然它把你的血管都啄破了。我掰着木屑吃起来，嗓子越来越难受。我感到喉管里毛茸茸的存在，那种煎熬、挣扎、求生欲传递给我，我只能边哭边吃木屑。终于，我感觉到窒息，我在融化它，一阵痉挛后开始呕吐。"

他们开始玩小时候玩过的游戏，把手拉在一起，闭上眼睛，联结彼此的梦境，在梦的旷野中一次一次穿越。他们变成了孩子，因为大人们不会有耐心玩这个游戏。孩子们听得到隐秘的声音，他们的味觉十分敏感，受不了太刺激的食物；对大人来说不足挂齿的伤口，却让他们时时刻刻都感到疼痛；大人记不起他们曾是孩子的模样，每一次回忆，那个"孩子"就会离他们更远。正是回忆这一行为，导致了梦的坍塌和离散。

"不要为破碎而伤心，不要沉沦。"黎是维说。

苏夜又开始努力复述她最近的一个梦，像溺水挣扎的人抓住了岸边的一丛灌木:"我梦到一个黄昏,去世的婆正和陌生人散步。我跟在他们后面,陌生人渐渐赋形,她不就是婆的保姆小末阿姨吗?我怎么忘了呀!多么熟悉的一个人。我还知道,她是最小的一个女儿,所以取名字叫小末。她并不存在,只是我虚构的一个文学形象。我在小说里写了婆,又虚构出一个常伴她左右的保姆形象作为一种心理补偿。如果说梦是现实的变形,它又是如何与真正的虚构重叠到一起的,这种机制到底是如何产生的?"

"你说梦话了,小末阿姨怎么是虚构的呢?"

"我相信梦也会随着生命的进程而不断生长。"黎是维说。

"梦不断生长,直到边界被完全抹除,所有的愿望都被糅进一个短短的灵瞬中。它看起来只是一个普通的黄昏,一个老人正与她的保姆散步,如此逼真没有破绽,连她的亲孙女都被迷惑了。她们真的认识吧,她们认识了很多年,经常拌嘴,但离不开彼此。直到梦醒我才识破这种狡猾的重叠,到底何谓现实呢?"

"我相信超越。"黎是维说。

洗完澡,苏夜和黎是维睡到一起。他们用了柑橘味的沐浴露,闻起来就像两只成熟的橘子。"帮我挠挠背好吗?"苏夜说。

苏夜背过身去,他的手探进衣服边缘,她的背裸露出来，是被月光照亮的海。抓了一下，苏夜痒得缩到一起，黎是维只好把手抽出去，小心翼翼地问："要停下吗？""不要。"苏夜斩钉截铁地说。"那你得转过来，不然不好抓。"苏夜轻快地转身，她的脸侧枕着合十的双手，眼睛紧闭着，让他想到等待童话故事的小女孩。他将手重新伸进衣服的下摆，从她腰间的低谷绕到背后，轻轻降落于背脊上，当指甲划过她的皮肤时，他听到滋滋作响的声音，是彗星尾翼炸裂的花火声。苏夜的背随着指甲的拨动轻微起伏，像一面琴。

"小时候婆经常给我抓痒。她有一根手指残疾，和你的触感很不一样。"

"右手无名指。"

"对，没想到你还记得。婆说，那根手指是翻修老屋的时候被掉下来的房梁砸坏的，指尖只剩半截，裸露的骨头增生了，像一块凝固的豆沙。有时我会摸一摸，问她疼不疼。她说早就不疼啦，然后就帮我抓痒。我能感受到那根手指的不同，那种遥远的疼痛似乎也刺中了我的瘙痒，它的质感是凝固的豆沙，不如指甲那般坚硬，但很舒服，挠着挠着就睡着了。"

"睡吧。"他说。他亲了一下她眼皮上的闪动的蝴蝶。

苏夜一直没有睁开眼睛，似乎一直在睡觉，说的都是梦话。

黎是维突然想起十年前的雨天，他们也像这样躺在一起。当他结束与前女友的纠缠,再次见到苏夜时,她的脸上、手上、身上沾满了淤泥,手臂上有几道粉色的血痕。她为什么要去救那只素昧平生的小狗呢?他说结束了,他请她回去,但她执意要走,只好招一辆出租车,目送她离开。

虽然小狗死了,但物业表示,他们还是要切开水管,不然尸体会发臭。当工人们切开水管,洪水冲散了淤泥,将它小小的、肥嘟嘟的、无力的身体冲到水槽里。母狗不知从哪儿窜出来,不停地哀号,工人们驱赶它,拿脚踢开它,它还是拼命地撞过去,轻舔孩子的尸体。多少个夜晚,只要一闭上眼他就能看得到那只母狗的眼睛,垂下头,悲戚地看着他。它太像一个人,太像一个母亲,太像那些爱过的人。

他长久陷于一片混沌的水域中,视野模糊,无法放声,任由那些珍视之物被水流冲散。

多年来,他一直独自玩着那个游戏。来吧,把梦说出来,他照着苏夜的话去做。把梦说出来,梦就会连在一起。他们把小手拉在一起,相信彼此的壁垒已经被打破,三个孩子在绝对的自由中漫步,三张脸叠成一张脸。我们不能有秘密,所以把梦说出来吧。他们在大方桌上睡着了。黎是维一直以为,时间还很长,去羊肠小道上摘野花、研究石头纹路、收集昆虫尸体的机会还很多。他们还能经常见面,但事实却并不是这样。

回忆与梦想已完全结合。当黎是维回看安德鲁·怀斯的

《猎人》时，忽然发现那是一个爬树者的角度，那是唯有苏夜到达过的高度，是森林之顶，群山之心。怀斯的画让他着迷，也让他陷入绝境。他越是有创作的冲动，越是无法去画。在怀斯的画中，他找到了心灵的风景，他从陌生的美国的南方土壤中发现那个遥远的小岛，太不可思议了。他无法向任何人诉说这种隐秘。此刻的苏夜是幸福的，沉浸在一片他永远不能达到的乐土中。现在他也要睡了，只要稍微越界，就会永远失去她。

6 重叠

旧时，雾岛设有专门为船舶运输、航运管理服务的海岸电台，麻埠镇的每个居民区都能接收海岸电台的广播，不仅渔民之间能互通有无，居民也能获得气象预报和其他海上安全信息。不过，雾岛已不再是重要的商运港口，渔业也逐渐衰弱，海岸电台形同虚设。在雾岛被全面封锁 24 小时后，销声匿迹二十年的海岸电台又重新广播："各大超市、菜场已经关闭，请大家不要冒险出门采购。肉、蛋、奶的供应不会断，每天会有志愿者送菜。"这个女声非常陌生，很标准，不掺杂任何吴语区的口音，像是一种电子化的模拟，并非真正的人声。但很快人们就已经接受雾中只是幻象，就像海市蜃楼一样，并不会对他们的生活造成真正的干扰。很快轮渡公司就会恢复运营，漫长的秋冬过去，又将迎来旅游盛季。

两天过去，人们的手机没有讯号，网络也逐渐中断，但还是能接收电视讯号。19套电视台时隐时现的新闻内容成了居民们心中的救命稻草：雾明天就散，后天就散……迷雾的天数不断增长，人们的心理防线几近溃堤。虽然政府让大家待在家里，不要出门，但没有足够的警力可以维持秩序。人们总是聚集在一起，排解恐惧。荒石园里从早到晚都有居民过来互通信息，谈论他们在雾中隐约看到的事物。

人们无法否认雾中潜藏着怪谲的景象，有人看到被割完的稻田又重新抽出绿芽，多年前被爆破的棉纺厂又重新浮现在陆地上。笃信宗教的人们聚集在宗教场所里寻求安慰，有人把"雾"当作一种神迹，其中一些有勇气的信徒走到了浓雾深重处，沾染神迹，渴望从中得到神的启示。

很多人谈及他们看到了自己过去的模样，没有特别的，只是一些很快湮灭的幻影，这倒是让人们陷入了回忆的喜悦中。他们看到年轻时的自己染着各种各样颜色的头发，穿着破洞水洗牛仔裤，房间的墙壁上也出现了久违的明星海报。他们感受到真正的分离和重叠感，因此下定决心要重新理解过去的生活。大可不必担心，往事并不会与现实重叠，只不过是一些比雾更脆弱的存在，就像量子涨落般，从无到有，从有到无，瞬息湮灭。

当他们看到逝去的亲人，情况完全不同了，炽热的爱与恨又重新燃起。有人拼命驱赶幻影，但无济于事。越是驱赶，他们的形象就越是顽固，甚至像真人一样，同他们生活在一起。据一户邻居说，那个早就死掉的父亲又回来了，摔家里的东西。他们听到器物破碎的声音，甚至闻到酒味。他们看到死去已久的亲人又套上往日的躯壳重返人间，他们分明看到了，但又当作没有看到。

直到"物事体"的现身，打破了所有乐观的愿景。不知是谁第一个把雾中的怪兽称为"物事"，这一称谓很快传递出去，直到官方也在报道中称其为"物事体"。雾岛人不会直接说出所惧之物的名称，而是用"物事"替代，仿佛这样它们就不存在。物事体正在步步靠近民宅，它们往往在傍晚苏醒，在夜里出没。公路上留了它们的爪印、黏液和排泄物。有人甚至目睹一辆公交车被一层白色的茧完全包裹住，不到一小时，茧就破出一个洞，孵化出七八只未知的生物。它们出茧后不久，公交车化成了一摊水。据这位目击的居民说，未知生物形似绿头苍蝇，会飞行，每只都和一头山羊差不多大。一开始，人们并不相信这些物事体能融化一辆公交车，但很快，雾中出现了第一具尸体，从下半身的穿着来看，像是流浪汉或者是流窜的逃犯，无法确定身份，因为他失去了上半身，巨大的伤口参差不齐，像是被野兽撕咬过。而雾岛最大的野生动物便是貉，它们的主要食物是啮齿类动物。

"物事体"做何解释？历史上从未有人发现过它们的骸骨，也没有任何相关文字记载，甚至在遥远的神话传说中也不曾出现。人们被这些异质性的存在压得喘不过气，一部分人搬迁到防空洞居住。镇上发生了好几起抢劫和故意伤害事件，有一人自杀身亡。电视新闻的报道也不再乐观，有关专家称，近期的天气情况对于雾霭的扩散不利。人们开始思考着源源不断的雾气到底从何而来，很快便有人挖掘出那个关于洞的传说。电视上的气氛开始变化，气象专家不再现身，取而代之的是一些宇宙学专家们，聚在一起热烈地讨论着黑洞、冷斑、平行时空、全息宇宙等话题，没有人真的关心岛上人类的处境。

第四天，一家连锁超市内发生持刀伤人事件，一名老人因为抢夺玉米罐头，用水果刀刺伤一名孕妇，幸好没有刺中要害。荒石园里没有特别的事情发生，直到他们透过厅里的窗户，看到了第一只物事。雾太大了，只能隐约看到它躯干以上的部分，有一头鸭嘴兽的大小，正好奇地透过窗户往里面看着他们。"它好像穿着一件雨衣。"在梦指着兽说，苏游赶紧捂住了她的嘴巴。大家紧张得说不出话，直到物事体失去耐心，转过身，好像往山下奔去了。周余二话不说，拆了一张木椅子开始封锁门窗,并让大家到地下室躲避。

黎是维和苏夜则来到天台,继续观察那只物事。雾越来越浓,看不清它的整体,只知道它看上去很警觉,像是在探寻什么。"我觉得它眼熟。"黎是维说。"把它画下来吧。"苏夜说。苏夜找来了纸笔,并调试好望远镜,对准了它。物事体在雾中时隐时现,黎是维一边观察一边描绘,只能通过不断移动望远镜,调整焦距观察细节,补充整体。当物事体的形象跃然纸上,答案自然涌现。"是一只正在蜕皮的蝾螈。""对,就是蝾螈。"黎是维看着这幅画,陷入沉思。他们回到房间,黎是维忽然想起什么,着急地问:"那天,我带了本速写本,看见了吗?"苏夜打开抽屉,将速写本取出来说:"是这个吧,你画的?"

"不,是安彼画的。"

黎是维将速写本摊开,又拿出蝾螈的速写,仔细比对着,"我觉得它们之间有什么联系,但就是说不清楚。很像是埃舍尔的画,表现形式不同。"

突然,苏夜的脸上一阵狂喜。"我知道了!"她大声说,"这是分形。"

这些画看起来是随意涂鸦的,其实不然,里面蕴含着极强的逻辑和秩序。苏夜想起罗徙曾告诉她,烟雾弥漫的星系团、蜿蜒流转的海岸线、高低起伏的山脉、变幻无常的浮云、纵横交错的血管，这些看似没有规则的事物，都有内在的秩序，它们都是分形。

苏夜打开速写本，向黎是维展示："仔细看这些图，会发现后一幅图是前一幅图某一局部的放大。这些看似复杂的图形，其实都诞生于复二次多项式迭代方程。你看，每一张都是这样，那么精妙，那么有秩序，没有一处错误，只有安彼做得到。每一张都是这样！我终于知道，安彼为什么忘不掉了。"苏夜一下子哽咽了，她说："安彼是心盲症的反面。"

黎是维不断翻着速写本，手心生出汗水，眼前模糊一片，他什么都看不清。安彼的世界"嘭"一声坠落下来，覆盖住眼前的世界，那是一个蕴含着无数细节的空间，像曼德勃罗集那样无穷无尽，拥有绝对的秩序和美感。正因如此，安彼失去了所有的梦与回忆，每当开始想象一件事物，眼前出现的只有组成万物的分形状态。整体消失了，幸福与悲伤也随之离散。那么小小一个身体和心灵，怎么能承受得住呢？黎是维痛哭起来。

"其实在孃孃家里，我见到安彼了。我已经知道了，怕吓到你，也吓到自己，才没有说出来。"苏夜抱住他，安慰道，"我都知道。一天晚上我看到安彼出现在后院，她不说话，只朝我看了一眼，好像要去什么地方。我跟着她，天越来越暗，很快她消失在一片小树林里。再往前走，就看到有亮光。有很多孩子提着灯笼在树林里玩捉迷藏。我走近一看，只是，只是一群发光的蘑菇。很早以前就已经有人把谜底告诉我了。"

他们终于知道，那些雾是什么。当安彼进入那个洞中，她的意识便与岛屿连为一体。那些雾中的物事，是她存留的一部分回忆。她不断地回忆，岛屿也跟着不断地回忆，直到意识成为一种实体，从雾中释放出来。回忆在每一个行动中显现，使她疲惫不堪。他们见到的并不是幻象，而是心灵与现实的重叠。他们终于通过这些再现的往事辨认出她，辨认出那个一直在梦里守夜的孩子。

这时，阳台传来异响，他们以为物事体又回来了，轻手轻脚地移动到窗边，透过落地窗往外看时，却发现那不是物事体，而是一只戴着兽夹的白鹳。苏夜轻声说："它飞了好几天，累得飞不动了。"

黎是维推开落地窗，虽然动作很轻，但白鹳还是受到惊吓，努力挥动了几下翅膀，试图飞离，但兽夹太重了，它尝试几次，都无法起飞，只抖落一地黑白相间的羽毛。白鹳的一根脚趾关节已经耷拉下来，每次挣扎，兽夹的重量就完全落到这根脚上，在地上留下血痕。"它想挣脱兽夹。"苏夜说。"不，它想挣脱的是那根被兽夹困住的脚趾。"黎是维说，他试图靠近白鹳，乘其不备捉住它，但他一动，白鹳便使出全身的力气扑扇翅膀，终于还是飞走了，飞得很低，几乎贴着地面，消失在浓雾中。

周余已经把所有门窗都封锁了。天台上还有一个小天窗，没来得及封。他们搬了梯子，从那里翻越到一棵梧桐树上。他们看到白鹳就摔落在不远处的一块荒草地上，奄奄一息。苏夜噌噌下树，头也不回地跑入雾中。黎是维也下了树，但方才那片荒草地却不见了。雾越来越大，他什么都看不见了，大喊苏夜的名字，但没有任何回音，只能漫无目的地往前走。黎是维看到一只河马般大小的水熊冒出湖面，趴在岸上，吞噬苔藓。又走了几步，撞见榉树上挂着一具风干的麻雀尸体，和人等大。麻雀的身体发脆，羽毛残缺，腹部露出白色的骨头，树枝被压得几近断裂。这时头顶传来飞机的轰鸣声，起先，他以为是直升机来了，但那声音更高更密集。抬头望去，却不见真身，雾太浓了。黎是维停住脚步，他感觉飞机的马达声越来越近，惊雷般在头顶炸裂开，接着，空中落下雪花般的纸团，他捡起一个打开来看，纸团上浮现的竟是曾祖父儿时的脸庞，他曾把它夹入《昆虫记》的内页中，像标本一样封存、遗失、忘却。那也是他自己儿时的脸庞。

周围变得温暖起来，黎是维好像看到了一种安德鲁·怀斯般的色彩，到处都是枯涩的杂草，他正在进入某种秩序的中心。又迈出几步，前方有一块小小的冰正在融化，脚步越快，冰就融得越快。当他站在冰的附近时，已经感受不到寒意，冰中露出一具硬邦邦的裸尸。森死了，躯干被尘封在冰里，四肢伸直了，裸露在冰外，和从前被他用树枝戳死的田鸡如出一辙。他睁着眼睛，眼珠散向不同的方向，看起来根本不像一个人。黎是维曾无数次幻想过他的死亡，一遍遍预演他如何受尽折磨，堕入地狱。如今他就这么轻易地死去，诗一般死去。黎是维继续往前走，走了几天，几个月，走过了很多年岁。雾消失了，他失足落入一个潮湿的洞中，只要稍一挪动身体，四壁的沙粒就不断陷落下来，埋住他的身体。找到了，就是这里，这个洞是他自己挖的。一整个下午他都在干这件事，一开始他就知道，没有人会落到这个可疑的陷阱中去，他一直在等待这次坠落。

有熏风吹来，已是初夏时节。忽然，黎是维听到苏夜在喊他的名字。他坐起身，挣扎着爬出沙坑。不远处，苏夜正抱着一只受伤的大鸟。"快来，我一个人不行。"黎是维快步跑到她身边，发现白鹳变大了，变得和他们一样大。

不，是他们变小了。"它在鱼塘里偷鱼吃，被他们打出来，已经飞不动了。"苏夜说。

黎是维查看了白鹳的伤情，只是伤了脚趾。在两人的合力下，兽夹终于被掰开了。白鹳立刻站了起来，扑扇翅膀，蹒跚几步，向着发黑的林子飞去。这是戴着兽夹飞行过的身体，但它的翅膀却如此有力，身体如此轻盈，就像没有重量一样。

"快回去吧，太阳要落山了。"

他们经过渡口，苏夜渴了，便去杂货店买冰棍。这天老板娘不在，看店的是一个黝黑的少年，他正在摆弄一台简易望远镜，脚架是木头做的，一根简陋的胶木管摇摇欲坠地架在上面，一头嵌着块布满刮痕的物镜，另一头嵌着块硬纸板做的目镜。这是孩子们第一次见到天文望远镜，他们好奇地打量着，想象着。少年甜蜜地笑了笑，在目镜上放置一个四倍寻星镜，对准一块广告牌，让他们来看。黎是维紧眯右眼，将左眼对准目镜，这时一只竹象正好挡在物镜前，被放大成奇怪的形象。"唔！"黎是维被吓了一跳，赶紧叫苏夜来看。"唔！"苏夜看到放大的竹象也发出了相同的惊呼。少年看到巨大的竹象后，也开怀大笑起来，他说，天黑了再来看吧，火星是石榴籽，土星是草帽，木星是棒棒糖。两个孩子高兴地买了两支雪宝，又买了一支火炬带给安彼。

他们手拉手往家里去。经过山口时，黎是维发现美华的宅子不见了，与之相关的一切记忆也消散了。他们回到家中，兰婆和小末又送来新一批桂花糕。"上次的材料多了，又做了些，快点冻起来。"兰婆说。美珍接过桂花糕，请邻居坐下，又赶紧清出桌子，准备开一桌麻将。透明的水晶桂花糕里封锁着花朵，和稍纵即逝的冰不一样，这是一种永恒的食物，让人想到琥珀。它们封锁的都是一个个瞬间：即将孵化的蛙卵、起飞的种子、睡着的蝾螈，这些瞬间将被封存一万年，就像落入黑洞的物质一样凝固住。黎是维先吃了一块，然后回到屋里，急不可待地去看那些早已遗失的标本，它们果然还在，熠熠生辉，万无一失。

这一天过得非常快，夜聊的人都来了，一张张忘记名字的脸庞重又熟稔于心。美珍和阿莲将大方桌抬了出来，三个孩子仰天躺着，苏夜忽然说，我们来玩一个游戏，先把手拉起来。孩子们乖乖地把手拉起来。闭上眼睛，苏夜又说。孩子像傀儡似的任她摆布，当他们闭上眼睛，梦就连到了一起。一颗明亮的火流星撞入大气层，好像放了一把火，镇子在短暂的燃烧中耀如白昼。